地火

刘慈欣 等◎著

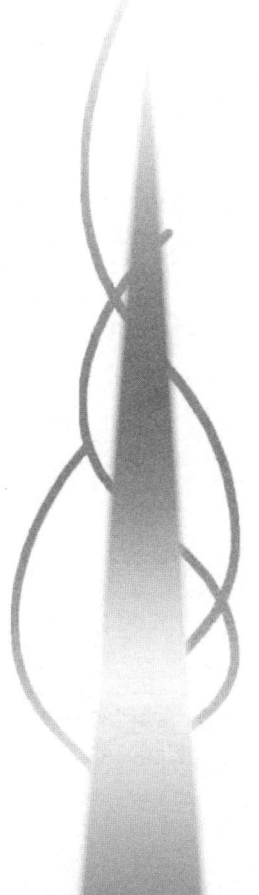

北方联合出版传媒(集团)股份有限公司
万卷出版有限责任公司

ⓒ 刘慈欣等　2022

图书在版编目（CIP）数据

地火 / 刘慈欣等著 . -- 沈阳：万卷出版有限责任公司，2022.7
ISBN 978-7-5470-5962-3

Ⅰ．①地… Ⅱ．①刘… Ⅲ．①幻想小说—小说集—中国—当代 Ⅳ．① I247.7

中国版本图书馆 CIP 数据核字 (2022) 第 061927 号

出 品 人：王维良
出版发行：北方联合出版传媒（集团）股份有限公司
　　　　　万卷出版有限责任公司
　　　　（地址：沈阳市和平区十一纬路 29 号　邮编：110003）
印 刷 者：北京欣睿虹彩印刷有限公司
经 销 者：全国新华书店
幅面尺寸：145mm×210mm
字　　数：240 千字
印　　张：8.625
出版时间：2022 年 7 月第 1 版
印刷时间：2022 年 7 月第 1 次印刷
责任编辑：王　越
责任校对：张　莹
装帧设计：平　平
ISBN 978-7-5470-5962-3
定　　价：48.00 元
联系电话：024-23284090
传　　真：024-23284448

常年法律顾问：王　伟　版权所有　侵权必究　举报电话：024-23284090
如有印装质量问题，请与印刷厂联系。联系电话：010-61529480

目录

001	**地火** / 刘慈欣	
	时间能够改变一切	
049	**临界** / 王晋康	
	低烈度纵火	
087	**移魂有术** / 江波	
	灵魂寄生者	
145	**树会记得许多事** / 阿缺	
	兽性的人与神性的树	
193	**深处** / 阿缺	
	人类灵魂深处的悲情宿命	

地火 /刘慈欣

时间能够改变一切

地 火

父亲的生命已走到了尽头,他用尽力气呼吸,比他在井下扛起 200 多斤的铁支架时用的力气大得多。他脸色惨白,双目突出,嘴唇因窒息而呈深紫色,仿佛一条无形的绞索正在脖子上慢慢绞紧,他那辛劳一生的所有纯朴的希望和梦想都已消失,现在他生命的全部渴望就是多吸进一点点空气。但父亲的肺,就像所有患三期矽肺病的矿工的肺一样,成了一块由网状纤维连在一起的黑块,再也无法把吸进的氧气输送到血液中。组成那个黑块的煤粉是父亲在 25 年中从井下一点点吸入的,是他一生采出的煤中极小极小的一部分。

刘欣跪在病床边,父亲气管发出的尖啸一下下割着他的心。突然,他感觉到这尖啸中有些杂音,他意识到这是父亲在说话。

"什么,爸爸?你说什么呀,爸爸?"

父亲突出的双眼死死盯着儿子,那垂死呼吸中的杂音更急促地重复着……

刘欣又声嘶力竭地追问。

杂音没有了，呼吸也变弱了，最后成了一下一下轻轻的抽搐，然后一切都停止了，可父亲那双已无生命的眼睛仍焦急地看着儿子，仿佛迫切想知道他是否听懂了自己最后的话。

刘欣进入了恍惚状态——他不知道妈妈是怎样晕倒在病床前，也不知道护士是怎样从父亲鼻孔中取走输氧管，他只听到那段杂音在脑海中回响，每个音节都刻在他的记忆中，像刻在唱片上一样清晰。

后来的几个月，他一直都处在这种恍惚状态中。那杂音日日夜夜在脑海中折磨着他，最后他觉得自己也要窒息了，不让他呼吸的就是那段杂音，他要想活下去，就必须弄明白它的含义！

直到有一天，久病的妈妈对他说，他已长大了，该撑起这个家了，别去念高中了，去矿上接爸爸的班吧。他在恍惚中拿起父亲的饭盒，走出家门，在1978年冬天的寒风中向矿上走去，向父亲的二号井走去。他看到了黑黑的井口，它像一只眼睛注视着自己，而通向深处的一串防爆灯就是那只眼睛的瞳仁——那是父亲的眼睛。

那杂音急促地在他脑海中响起，最后变成一声惊雷，他猛然听懂了父亲最后的话：

"不要下井……"

地 火

25 年后

刘欣觉得自己的奔驰车在这里很不协调,很扎眼。现在矿上建了些高楼,路边的饭店和商店也多了起来,但一切都笼罩在一种灰色的氛围之中。

车到了矿务局,刘欣看到局办公楼前的广场上黑压压地坐了一大片人。刘欣穿过坐着的人群向办公楼走去。在这些身着工作服和廉价背心的人当中,西装革履的他再次感到了自己同周围的不协调。人们无言地看着他走过,目光像钢针一样穿透了他身上2000美元一套的名牌西装,令他浑身发麻。

在局办公楼前的大台阶上,他遇到了李民生,他的中学同学,现在是地质处的主任工程师。这人还是20年前那副瘦猴样,脸上又多了一副憔悴的倦容。他抱着一卷图纸,这对他似乎已是很沉重的负担。

"矿上有半年发不出工资了,工人们在等着。"寒暄过后,李民生指着办公楼前的人群说,同时上下打量着他,那目光像在看一个异类。

"有了大秦铁路,前两年国家又实行限产,还是没好转?"

"有过一段好转,后来又不行了。这行业就这么个样子,我看谁也没办法。"李民生长叹了一口气，转身欲走，好像刘欣身上有什么东西使他想快些离开，但刘欣拉住了他。

"帮我一个忙。"

李民生苦笑着说："十多年前在市一中，你连饭都吃不饱，还不肯要我们偷偷放在你书包里的饭票，现在你更是最不需要谁帮忙了。"

"不，我需要。能不能找到地下的一小块煤层，很小的一块，贮量不要超过三万吨，关键是这块煤层要尽量孤立，同其他煤层间的联系越少越好。"

"这个……应该行吧。"

"我需要这煤层和周围详细的地质资料，越详细越好。"

"这个也行。"

"那我们晚上细谈。"刘欣说。李民生转身又要走，刘欣再次拉住了他，"你不想知道我打算干什么？"

"我现在只对自己的生存感兴趣，同他们一样。"他朝人群偏了一下头，转身走了。

沿着被岁月磨蚀的楼梯拾级而上，刘欣看到楼内的高墙上沉积的煤粉像一幅幅巨型的描绘云雾和山脉的水墨画。那幅《毛主席去安源》的巨幅油画还挂在那里，画很干净，没沾染煤粉，但画框和画面都显示出了岁月的沧桑。画中人那深邃沉静的目光在20多年后又一次落到刘欣的身上，他终于有了回家的感觉。

| 地 火 ——●

来到二楼,局长办公室还在25年前那个地方。那两扇大门后来包了皮革,现在皮革也破了。推门进去,刘欣看到局长正伏在办公桌上专心致志地看一张很大的图纸,半白的头对着门口。走近了看,那是一张某个矿的掘进进尺图。

"你是部里那个项目的负责人吧?"局长问。他只是抬了一下头,然后又低下头去看图纸。

"是的,这是个很长远的项目。"

"呵,我们尽力配合吧,但眼前的情况你也看到了。"局长抬起头来,把手伸向他。刘欣和他握手时,看到了他脸上和李民生一样的憔悴倦容,同时感觉到他有两根手指变了形——那是早年一次井下工伤造成的。

"你去找负责科研的张副局长,去找赵总工程师也行,我没空,真对不起了,等你们有一定结果后我们再谈。"局长说完,又把注意力集中到图纸上去了。

"您认识我父亲,您曾是他队里的技术员。"刘欣说出了他父亲的名字。

局长点点头:"好工人,好队长。"

"您对现在煤炭工业的形势怎么看?"刘欣突然问,他觉得只有尖锐地切入正题才能引起这人的注意。

"什么怎么看?"局长头也没抬地问。

"煤炭工业是典型的传统工业、落后工业和夕阳工业。它劳动密集，工人的工作条件恶劣，产出率低。产品运输要占用巨量运力……煤炭工业曾是英国工业的一个重要组成部分，但英国在十年前就关闭了所有的煤矿！"

"我们关不了。"局长说，仍未抬头。

"是的，但我们要改变！彻底改变煤炭工业的生产方式！否则，我们永远无法走出现在这种困境。"刘欣快步走到窗前，指着窗外的人群，"煤矿工人，千千万万的煤矿工人，他们的命运难有根本的改变！我这次来——"

"你下过井吗？"局长打断了他。

"没有。"一阵沉默后，刘欣又说，"父亲死前不让我下。"

"你做到了。"局长说。他伏在图纸上。刘欣看不到他的表情和目光，刚才那种针刺的感觉又回到了他身上。他觉得很热，这个季节，他的西装和领带只适合有空调的房间。这里没有空调。

"您听我说，我有一个目标，一个梦。这梦在我父亲死的时候就有了。为了我的这个梦、这个目标，我上了大学，又出国读了博士……我要彻底改变煤炭工业的生产方式，改变煤矿工人的命运。"

"简单些，我没空。"局长把手向后指了一下。刘欣不知他指的是不是窗外的人群。

"只要一小会儿，我尽量简单些说。煤炭工业的传统生产方式是：在极差的工作环境中，用密集的劳动、很低的效率，把煤从地

地 火

下挖出来,然后占用大量铁路、公路和船舶的运力,把煤运输到使用地点,然后再把煤送到煤气发生器中,产生煤气,或送入发电厂,经磨煤机研碎后送进锅炉燃烧……"

"简单些,直截了当些。"

"我的想法是:把煤矿变成一个巨大的煤气发生器,使煤层中的煤在地下就变为可燃气体,然后用开采石油或天然气的方式——地面钻井开采,并通过专用管道把这些气体输送到使用点。用煤量最大的火力发电厂的锅炉也可以燃烧煤气。这样,矿井将消失,煤炭工业将变成一个同现在完全两样的崭新的现代化工业!"

"你觉得自己的想法很新鲜?"

刘欣不觉得自己的想法新鲜,同时他也知道,这位局长——矿业学院60年代的高才生,现今国内最权威的采煤专家之一——也不会觉得新鲜。局长当然知道,煤的地下气化在几十年前就是世界性的研究课题,这几十年中,数不清的研究所和跨国公司开发出了数不清的煤气化催化剂,但至今煤的地下气化仍是一个梦——一个人类做了近一个世纪的梦。原因很简单,那些催化剂的价格远高于它们产生的煤气。

"您听我说,我不用催化剂也可以做到煤的地下气化!"

"怎么个做法呢?"局长终于推开了眼前的图纸,似乎很专心地听刘欣说下去。这给了他很大的鼓舞。

"把地下的煤点着!"

一阵长时间的沉默。局长直直地看着刘欣，同时点上一支烟，热情地示意他说下去。但刘欣的兴奋劲儿一下降了下来，他已经看出局长热情的实质。在日日夜夜艰苦而枯燥的工作中，他终于找到了一个短暂的放松消遣的机会——一个可笑的傻瓜来免费表演了。

刘欣只好硬着头皮说下去："开采是通过在地面向煤层钻孔实现的，用现有的油田钻机就可实现，其作用如下：一、向煤层中布放大量的传感器；二、点燃地下煤层；三、向煤层中注水或水蒸气；四、向煤层中导入助燃空气；五、导出气化煤。

"地下煤层被点燃并同水蒸气接触后，将发生以下反应：碳同水生成一氧化碳和氢气，碳同水生成二氧化碳和氢气；然后，碳同二氧化碳生成一氧化碳，一氧化碳同水又生成二氧化碳和氢气。最后的结果将产生一种类似于水煤气的可燃气体，其中的可燃成分是百分之五十的氢气和百分之三十的一氧化碳，这就是我们可以得到的气化煤。

"传感器将煤层中各点的燃烧情况和一氧化碳等可燃气体的产生情况通过次声波信号传回地面，这些信号汇总到计算机中，生成一个煤层燃烧场的模型。根据这个模型，我们就可从地面通过钻孔控制燃烧场的范围，并控制其燃烧的程度。具体的方法是通过钻孔注水抑制燃烧，或注入高压空气或水蒸气加剧燃烧。这一切都是计算机根据燃烧场模型的变化自动进行的，可以使整个燃

地　火

烧场处于最佳的水煤混合不完全燃烧状态，保持最高的产气量。您最关心的当然是燃烧范围的控制，针对这个问题，我们可以在燃烧蔓延的方向上打一排钻孔，注入高压水，形成地下水墙阻断燃烧；在火势较猛的地方，还可采用大坝施工中的水泥高压灌浆帷幕来阻断燃烧……您在听我说吗？"

　　窗外传来一阵喧哗，吸引了局长的注意力。刘欣知道，他的话在局长脑海中产生的画面肯定和自己想象中的不一样。局长当然清楚点燃地下煤层意味着什么。现在，地球上各大洲都有很多燃烧着的煤矿，中国就有几座。去年，刘欣在新疆第一次见到了地火。在那里，极目望去，大地和丘陵寸草不生，空气中涌动着充满硫黄味的热浪，使周围的一切都在晃动，仿佛整个世界都被放在烤架上。入夜，刘欣看到一道道幽幽的红光，它们是从地面无数裂缝中透出的。刘欣走近一条裂缝，探身向里看去，立刻倒吸了一口冷气。这儿像是地狱的入口。红光从深处透上来，热力逼人。再抬头看看夜幕下这透出道道红光的大地，刘欣一时觉得地球像一块被薄薄地层包裹着的火炭！陪刘欣一起去的是一个叫阿古力的强壮维吾尔族汉子，他是中国唯一一支专业煤层灭火队的队长。刘欣那次去的目的，就是要把他招聘到自己的实验室中。

　　"离开这里我还有些舍不得，"阿古力用生硬的汉话说，"我是看着地火长大的，它在我眼中成了世界必不可少的一部分，像太阳、星星一样。"

"你是说,从你出生时这火就烧着?"

"不,刘博士,这火从清朝时就烧着!"

刘欣一下呆立住了,在黑夜中的滚滚热浪面前,打着寒战。

阿古力接着说:"与其说我答应去帮你,还不如说是去阻止你。听我的话,刘博士,这不是闹着玩儿的,你在干魔鬼的勾当呢!"

……

这时,窗外的声音更大了,局长站起身向外走去,同时对刘欣说:"年轻人,我真希望部里用投在这个项目上的那6000万干些别的。你已经看到了,需要干的事儿太多了,回见。"

刘欣跟在局长身后来到办公楼外面,看到等着的人更多了。一位领导正对群众喊话,刘欣没有听清那人在说什么,他的注意力被人群一角的情景吸引了,那里有一大片轮椅。这个年代,你不会在别的地方见到这么多的轮椅集中在一块儿,轮椅还在源源不断地出现,每个轮椅上都坐着一位因工伤截肢的矿工……

刘欣感到透不过气来,他扯下领带,低着头急步穿过人群,钻进自己的汽车。他漫无目的地开车乱转,脑子一片空白。不知转了多长时间,他刹住车,发现自己来到一座小山顶上。他小时候常到这里来,从这儿可以俯瞰整个矿区。他呆呆地站在那儿,不知过了多长时间。

"都看到些什么?"一个声音响起。刘欣回头一看,李民生不知什么时候站在了他身后。

地　火

"那是我们的学校。"刘欣向远方指了一下。那是一所很大的、中学和小学在一起的矿山学校，校园内的大操场格外醒目。在那儿，他们埋葬了自己的童年和少年。

"你自以为记得过去的每一件事。"李民生在旁边的一块石头上坐下来，有气无力地说。

"我记得。"

刘欣猛地转身盯着他童年的朋友："你怎么变成这个样子？我不认识你了！"

李民生猛地站起身，也盯着刘欣，同时用一只手指着山下黑灰色的世界："那矿山怎么变成这个样子？你还认识它吗？"他又颓然坐下，"那个时代，我们的父辈是多么骄傲的一群，伟大的煤矿工人是多么骄傲的一群！就说我父亲吧，他是八级工，一个月能挣120元！那个时代的120元啊！"

刘欣沉默了一会儿，想转移话题："家里人都好吗？你爱人，她叫……什么珊来着？"

李民生又苦笑了一下："现在连我都几乎忘记她叫什么了。去年，她对我说她去出差，扔下我和女儿，不见了踪影。两个多月后，她来了一封信，信是从加拿大寄来的，她说再也不愿和一个煤黑子一起葬送人生了。"

"有没有搞错，你是高级工程师啊！"

"都一样。"李民生对着下面的矿山画了一大圈，"在她们眼里，我们都是煤黑子。呵,还记得我们是怎样立志当工程师的吗?"

"那年创高产,我们去给父亲送饭,那是我们第一次下井。在那黑乎乎的地方,我问父亲和叔叔们,你们怎么知道煤层在哪儿?怎么知道巷道向哪个方向挖?特别是,你们在深深的地下从两个方向挖洞,怎么能准准地碰到一块儿?"

"你父亲说,孩子,谁都不知道,只有工程师知道。我们上井后,他指着几个把安全帽拿在手中、围着图纸看的人说,看,他们就是工程师。当时在我们眼中,那些人就是不一样。至少,他们脖子上的毛巾白了许多……"

"现在我们实现了儿时的愿望,当然说不上什么辉煌,总得尽责任做些什么,要不岂不是背叛了自己?"

"闭嘴吧!"李民生愤怒地站了起来,"我一直在尽责任,一直在做着什么。倒是你,成天就生活在梦中!你真的认为你能让煤矿工人从矿井深处走出来?能让这矿山变成气田?就算你的那套理论和实验都成功了,又能怎么样?你计算过那玩意儿的成本吗?还有,你用什么来铺设几万公里的输气管道?要知道,我们现在连煤的铁路运费都付不起了!"

"为什么不从长远看?几年,几十年以后……"

"见鬼吧!我们现在连几天以后都没着落呢!我说过,你是靠做梦过日子的,从小就是!当然,在北京六铺炕那幢安静的旧大楼(国家煤炭设计院所在地)中,你这梦可以随便做。我不行,我

地 火

生活在现实中!"李民生揶揄了一通,转身要走时才想起来意,"哦,我来是告诉你,局长已安排我们处配合你们的实验。工作是工作,我会尽力的。三天后,我给你实验煤层的位置和详细资料。"说完,他头也不回地走了。

刘欣呆呆地看着这埋葬了他童年和少年时代的矿山。他看到了高大的井架,顶端巨大的卷扬轮正转动着,把看不见的大罐笼送入深深的井下;他看到了一排排轨道电车从他父亲工作过的矿井出入;他看到了选煤楼下,一列火车正从一长排数不清的煤斗下缓缓开出;他看到了电影院和球场,在那里,他度过了最美好的童年时光;他看到了高大的矿工澡堂——只有在煤矿才有这样大的澡堂。在那被煤粉染黑的宽大澡池中,他居然学会了游泳!是的,在这远离大海和大河的地方,他是在那儿学会游泳的!他的目光移向远方,看到了高大的矸石山。那是上百年来从煤中捡出的黑石堆成的山,看上去比周围的山都高大。矸石中的硫黄因雨水而发热,正冒出一阵阵青烟……这里的一切都被岁月罩上一层黑灰色,这也是刘欣童年的颜色,生命的颜色。他闭上双眼,听着矿山发出的声音。时光在这里仿佛停止了流逝。

啊,父辈们的矿山,我的矿山……

这是离矿山不远的一个山谷,白天可以看到矿山的烟雾和蒸汽从山后升起,夜里可以看到矿山周围灿烂的灯火在天空中映出的光晕，矿山的汽笛声也清晰可闻。现在，刘欣、李民生和阿古力站在山谷的中央，看到这里很荒凉，远处山脚下有一个牧人赶着一群瘦山羊慢慢走过。这个山谷下面，就是刘欣要做地下气化煤开采实验的那片孤立的小煤层。这是李民生和地质处的工程师们花了一个月的时间，从地质处资料室那堆积如山的地质资料中找到的。

"这里离主采区较远，所以地质资料不太详细。"李民生说。

"我看过你们的资料。从现有资料看，实验煤层距大煤层至少有 200 米，还是可以的。我们要开始干了！"刘欣兴奋地说。

"你不是搞煤矿地质专业的，对这方面的实际情况了解不多，我劝你还是慎重一些，再考虑考虑吧！"

"现在实验根本不能开始！"阿古力说，"我也看过资料，太粗疏了！勘探钻孔间距太大，还都是 60 年代初搞的，应该重新进行勘探，必须确切证明这片煤层是孤立的，实验才能开始。我和李工搞了一个勘探方案。"

"按这个方案完成勘探需要多长时间？还要追加多少投资？"

李民生说："按地质处现有的力量，时间至少一个月。投资没细算过，估计……怎么也得 200 万左右吧。"

"我们既没时间也没钱干这事儿。"

"那就向部里请示！"阿古力说。

"部里？部里早就有一帮人想砍掉这个项目了！上面急于看到

| 地　火 ──．

结果，我再回去要求延长时间和追加预算，岂不是自投罗网！直觉告诉我不会有太大问题的，就算我们冒个小险吧。"

"直觉？冒险？把这两个东西用到这件事上？刘博士，你知道这是在什么上面动火吗？这还是小险？"

"我已经决定了！"刘欣猛地把手一劈，独自向前走去。

"李工，你怎么不制止这个疯子？我们可是达成过一致看法的！"阿古力对李民生质问道。

"我只做自己该做的。"李民生冷冷地说。

山谷里有300多人在工作，他们中除了物理学家、化学家、地质学家和采矿工程师外，还有一些意想不到的其他专业人员：有阿古力率领的一支十多人的煤层灭火队，来自仁丘油田的两个完整的石油钻井班，几名负责建立地下防火帷幕的水工建筑工程师和工人。这个工地上，除了几台高大的钻机和成堆的钻杆外，还可以看到搅拌机和小山一样高的袋装水泥。高压泥浆泵轰鸣着将水泥浆注入地层中，还有成排的高压水泵和空气泵，以及蛛丝般错综复杂的各色管道……

工程已进行了两个月，他们在地下建立了一道总长2000多米的灌浆帷幕，把这片小煤层围了起来。这本是一项水电工程中的技术，用于大坝基础的防渗。刘欣想用它建立地下防火墙——高压注入的水泥浆在地层中凝固，形成一道地火难以穿透的严密屏障。

在防火帷幕包围的区域中，钻机打出了近百个深孔，每个都直达煤层。每个孔口都连接着一根管道，这根管道又分成三根支管，连接到不同的高压泵上，可分别向煤层中注入水、水蒸气和压缩空气。

最后的一项工作是放"地老鼠"，这是人们对燃烧场传感器的俗称。这种由刘欣设计的神奇玩意儿并不像老鼠，倒很像一颗小炮弹。它有20厘米长，头部有钻头，尾部有驱动轮。被放进钻孔后，"地老鼠"能凭借钻头和驱动轮在地层中移动上百米，自动抵达指定位置；它能在高温高压下工作，在煤层被点燃后，它用可穿透地层的次声波把所在位置的各种参数传给主控计算机。现在，他们已在这片煤层中放入了上千个"地老鼠"，其中有一半放置在防火帷幕之外，以监测可能透过帷幕的地火。

在一顶宽大的帐篷中，刘欣站在一块投影屏幕前，屏幕上显示出防火帷幕圈，计算机根据收到的信号用闪烁光点标出所有"地老鼠"的位置。它们密集分布着，整个屏幕看上去就像一幅天文星图。

一切都已就绪，两根粗大的点火电极被从帷幕圈中央的一个钻孔放了下去，电极的电线直接通到刘欣所在的大帐篷中，接到一个有红色大按钮的开关上。这时，所有的工作人员都各就各位，兴奋地等待着。

"你最好再考虑一下，刘博士。你干的事太可怕了。你不知道

| 地　火

地火的厉害！"阿古力再次对刘欣说。

"好了，阿古力。你从到我这儿来的第一天，就到处散布恐慌情绪，还告我的状，一直告到煤炭部。但公平地说，你在这个工程中是做了很大贡献的，没有你这一年的工作，我不敢贸然实验。"

"刘博士，别把地下的魔鬼放出来！"

"你觉得我们现在还能放弃？"刘欣笑着摇摇头，然后转向站在旁边的李民生。

李民生说："根据你的吩咐，我们第六遍检查了所有的地质资料，没有问题。昨天晚上，我们还在敏感位置又加了一道帷幕。"他指了指屏幕上帷幕圈外的几个小线段。

刘欣走到点火电极的开关前，把手指放到红色按钮上时，他停了一下，闭起了双眼，像在祈祷。他嘴动了动，只有离他最近的李民生听清了他说的两个字："爸爸"。

红色按钮按下了，没有任何声音和闪光，山谷还是原来的山谷，但在地下深处，在上万伏的电压下，点火电极在煤层中迸发出雪亮的高温电弧。投影屏幕上，放置点火电极的位置出现了一个小红点，红点很快扩大，像滴在宣纸上的一滴红墨水。刘欣动了一下鼠标，屏幕上换了一幅画面，显示出计算机根据"地老鼠"发回的信息生成的燃烧场模型，那是一个洋葱状的不断扩大的球体，洋葱的每一层代表一个等温层。高压空气泵在轰鸣，助燃空气从多个钻孔汹涌地注入煤层，燃烧场像一个被吹起的气球一样扩大着……一个小时后，控制计算机启动了高压水泵，屏幕上燃烧场的形状变得扭曲复杂起来，但体积并没有缩小。

刘欣走出了帐篷，外面太阳已落山，各种机器的轰鸣在黑下来的山谷中回荡。300多人都聚集在外面，围着一个直立的喷口，那喷口有油桶一般粗。人们为刘欣让开一条路，他走上了喷口下的小平台。平台上已有两个工人，其中一个看到刘欣到来，便开始旋动喷口的开关轮；另一个用打火机点燃了一束火把，递给刘欣。随着开关轮的旋动，喷口中响起一阵气流的嘶鸣，音量骤增，就像一个喉咙嘶哑的巨人在山谷中怒吼。四周，300多张紧张期待的脸在火把的光亮中时隐时现。刘欣又闭上双眼，再次默念了那两个字："爸爸"。

然后，他将火把伸向喷口，点燃了人类第一口燃烧气化煤井。

"轰"的一声，一根巨大的火柱腾空而起，猛蹿至十几米高。那火柱紧接喷口的底部呈透明的纯蓝色，向上很快变成刺眼的黄色，再向上渐渐变红。它在半空中发出低沉强劲的啸声，离得最远的人都能感觉到它澎湃的热力，周围的群山被它的光芒照亮，远远望去，宛如黄土高原上空一盏灿烂的天灯！

人群中走出一个头发花白的人——局长。他握住刘欣的手说："接受我这个思想僵化的落伍者的祝贺吧，你搞成了！不过，我还是希望尽快把它灭掉。"

地　火

"您到现在还不相信我？它不能灭掉，我要让它一直燃着，让全国和全世界都看看！"

"全国和全世界已经看到了。"局长指了指身后蜂拥而上的电视台记者，"但你要知道，实验煤层和周围大煤层的最近距离不到200米。"

"可在这些危险的位置，我们连打了三道防火帷幕，还有好几台高速钻机随时待命，绝对没有问题！"

"我不知道有无问题，只是很担心。这是部里的工程，我无权干涉。但任何一项新技术，不管看上去多成功，都有潜在的危险。在这几十年中，各种危险我见过不少，可能是我思想僵化的原因吧，我真的很担心……不过，"局长再次把手伸给了刘欣，"我还是谢谢你，你让我看到了煤炭工业的希望。"他又凝视了火柱一会儿，"你父亲会很高兴的。"

以后的两天，刘欣他们又点燃了两个喷口，火柱达到了三根。这时，实验煤层的产气量按标准供气压力计算，已达50万立方米每小时，相当于上百台大型煤气发生炉。

对地下煤层燃烧场的调节全部由计算机完成，燃烧场的面积严格控制在帷幕圈总面积的三分之二以内，且界限稳定。应矿方的要求，刘欣做了多次燃烧场控制实验。他在计算机上用鼠标画一个圈，限定燃烧范围，然后按住鼠标把这个圈缩小。随着外面高压泵的轰鸣，一个小时内，实际燃烧场的面积退到缩小的圈内。

同时，在距离大煤层较近的危险地带，又增加了两道长 200 多米的防火帷幕。

刘欣没有太多的事可做，大量时间都花在接受记者采访和对外联络上。国内外的许多大公司闻风而来，其中包括像杜邦和埃克森这样的巨头。

第三天，一个煤层灭火队员找到刘欣，说他们队长要累垮了。这两天，阿古力带领灭火队发疯似的一遍遍地搞地下灭火演习，还自作主张，租用国家遥感中心的一颗卫星监视这一地区的地表温度。他已连续三夜没睡觉，晚上在帷幕圈外面远远近近地转，一转就是一夜。

刘欣找到阿古力，看到这个强壮的汉子消瘦了许多，双眼红红的。"我睡不着，"阿古力说，"一合眼就做噩梦，看到大地上到处喷着这样的火柱子，像一片火的森林……"

刘欣说："租用遥感卫星是一笔很大的开销，虽然我觉得没必要，但既然已做了，我尊重你的决定。阿古力，我以后还是很需要你的。虽然我觉得你的煤层灭火队不会有太多的事可做，但再安全的地方也是需要消防队的。你太累了，先回北京去休息几天吧。"

"我现在离开？你疯了！"

"你在地火上面长大，对它有一种根深蒂固的恐惧感。现在，我们虽然还控制不了像新疆煤矿地火那么大的燃烧场，但我们很

| 地 火 ———．

快就能做到！我打算在新疆建第一个商业化运营的气化煤田，到时候，那里的地火为我们所用，你家乡的土地将布满美丽的葡萄园。"

"刘博士，我很敬重你，这也是我跟你干的原因，但你总是高估自己。在地火面前，你还只是个孩子呢！"阿古力苦笑道，摇着头走了。

灾难是在第五天降临的。当时天刚亮，刘欣被推醒了，看到面前站着阿古力，他气喘吁吁，双眼发直，像得了热病，裤腿都被露水打湿了。他把一张激光打印机打出的照片举到刘欣面前，举得那么近，都快挨着刘欣的双眼了。那是一幅卫星发回的红外线彩色温度遥感照片，像一幅色彩斑斓的抽象画。刘欣看不懂，迷惑地望着他。"走！"阿古力大吼一声，拉着刘欣的手冲出帐篷。刘欣跟着他向山谷北面的一座山上攀去，一路上，刘欣越来越迷惑。首先，这是最安全的一个方向，在这个方向上，实验煤层距大煤层有上千米远；其次，阿古力现在领他走得也太远了，他们已接近山顶，帷幕圈远远落在下面，在这儿能出什么事呢？到达山顶后，刘欣喘息着正要质问，却见阿古力把手指向山另一边更远的地方。刘欣放心地笑了，笑阿古力神经过敏。但顺着阿古力手指的方向看了好一会儿后，他终于发现远处山坡低处的草地有些异样：那里出现了一个圆，圆内的绿色比周围略深一些，不仔细看根本无法察觉。刘欣的心猛然缩紧,他和阿古力向山下跑去,向草地上那个暗绿色的圆跑去。

跑到那里后,刘欣跪在草地上仔细察看圆内的草,并把它们同圆外的相比较,发现这些草已蔫软,倒伏在地,像被热水泼过一样。刘欣把手按到草地上,明显地感觉到了来自地下的热力。在圆的中心,一缕蒸汽在刚刚出现的阳光中缓缓升起……

经过一个上午的紧急钻探,又施放了上千个"地老鼠",刘欣终于确定了一个噩梦般的事实:大煤层着火了。燃烧的范围一时还无法摸清,因为"地老鼠"在地下的行进速度只有每小时十几米。但大煤层比实验煤层深得多,它的燃烧热量透到了地表,说明已燃烧了相当长的时间,火场已很大了。

事情有些奇怪,在燃烧的大煤层和实验煤层之间的1000米土壤和岩石带完好无损,地火是在这上千米隔离带的两边烧起来的,以至于有人提出大煤层的火同实验煤层没有什么关系。但这只是自我安慰,连提出这个看法的人自己也不太相信。随着勘探的深入,事情终于在深夜搞清楚了。

从实验煤层中伸出了八条狭窄的煤带,这些煤带最窄处只有半米,很难被人察觉。其中五条煤带被防火帷幕截断,三条煤带向下延伸,刚好爬过了帷幕的底部。这三条"煤蛇"中的两条中断了,但有一条一直通向千米外的大煤层。这些煤带实际是被煤填充的地层裂缝,裂缝都与地表相通,为燃烧提供了充足的氧气。

地 火

于是，那条煤带成了连接实验煤层和大煤层的一根导火索。

这三条煤带都没有在李民生提供的地质资料上标明。事实上，这种狭长的煤带是极其罕见的，大自然开了一个残酷的玩笑。

"我没有办法，孩子得了尿毒症，要不停地做透析，这个项目的酬金对我太重要了！所以我没有尽全力阻止你……"李民生脸色苍白，回避着刘欣的目光。

现在，他们和阿古力站在隔开两片地火的山峰上。又是一个早晨，矿山和山峰之间的草地已全部变成了深绿色，而昨天他们看到的那个圆形区域现在已成了焦黄色！蒸汽在山下弥漫，矿山已看不清楚了。

阿古力对刘欣说："我在新疆的煤矿灭火队和大批设备已乘专机到达太原，很快就会到这里。全国其他地区的力量也在向这儿集中。从现在的情况看，火势很凶，蔓延飞快！"

刘欣默默地看着阿古力，好大一会儿才低声问："还有救吧？"

阿古力轻轻地摇摇头。

"你就告诉我，还有多大的希望。如果封堵供氧通道，或注水灭火……"

阿古力又摇摇头，"我有生以来一直在灭火，可地火还是烧毁了我的家乡。我说过，在地火面前，你只是个孩子。你不知道地火是什么。在那深深的地下，它比毒蛇更光滑，比幽灵更莫测。它想去哪儿，凡人是拦不住的。这里的地下有巨量的优质无烟煤，是魔鬼渴望了上亿年的东西。现在你把魔鬼放出来了，它将拥有无穷的能量和力量。这里的地火将比新疆的大百倍！"

刘欣抓住维吾尔族汉子的双肩绝望地摇晃着，"告诉我还有多大希望！求求你说真话！"

"希望为零。"阿古力轻轻地说，"刘博士，你此生很难赎清自己的罪了。"

在局大楼里召开了紧急会议，莅会的除了矿务局主要领导和五个矿的矿长外，还有包括市长在内的市政府的一群忧心忡忡的官员。会上首先成立了应急指挥中心，中心总指挥由局长担任，刘欣和李民生都是领导小组的成员。

"我和李工将尽自己最大努力做好工作，但还是请大家明白，我们现在都是罪犯。"刘欣说。李民生在一边低头坐着，一言不发。

"现在还不是讨论责任的时候。只干，别多想。"局长看着刘欣，"知道最后这五个字是谁说的吗？你父亲。那时我是他队里的技术员，有一次为了达到当班的产量指标，我不顾他的警告，擅自扩大了采掘范围，结果造成工作面大量进水，队里二十几个工友被水困在巷道的一角。当时大家的头灯都灭了，也不敢用打火机，一怕瓦斯，二怕消耗氧气，因为水已把那里全封死了，黑得伸手不见五指。这时，你父亲告诉我，他记得上面是另一条巷道，顶板好像不太厚。然后我就听到他在用镐挖顶板，我们几个也都

地 火

摸到镐跟着他在黑暗中挖了起来。氧气越来越少，我们开始感到胸闷头晕。还有那黑暗，那是地面上的人见不到的绝对的黑暗，只有镐头撞击顶板的火星在闪烁。当时对我来说，活着真是一种折磨。是你父亲支撑着我，他在黑暗中反复对我说那五个字：'只干，别多想'。不知挖了多长时间，当我就要在窒息中昏迷时，顶板挖塌了一个洞，上面巷道防爆灯的光亮透射进来……后来，你父亲告诉我，他也不知道顶板有多厚，但那时人只能是'只干，别多想'。这么多年，这五个字在我脑子中越刻越深，现在我替你父亲把它传给你了。"

会上，从全国各地紧急赶到的专家们很快制定了灭火方案。可供选择的手段不多，只有三个：一、隔绝地下火场的氧气；二、用灌浆帷幕切断火路；三、向地下火场大量注水灭火。这三个措施同时进行，但第一个方法早就证明难以奏效，因为通向地下的供氧通道极难定位，就是找到了，也很难堵死；第二个方法只对浅煤层火场有效，且速度太慢，赶不上地下火势的迅速蔓延；最有希望的只剩第三个灭火方法。

消息仍然被封锁，灭火工作在悄悄进行。从仁丘油田紧急调来的大功率钻机在人们好奇的目光中穿过煤城的公路，军队开进了矿山，天空出现了盘旋的直升机……一种不安的情绪笼罩着矿山，各种传言开始像野火一样蔓延。

大型钻机在地下火场的火头上一字排开，钻孔完成后，上百台高压水泵开始向冒出青烟和热浪的井孔中注水。注水量是巨大的，以至于矿山和城市生活区全部断水，社会的不安和骚动进一步加剧。但注水的结果令人鼓舞。在指挥中心的大屏幕上，红色火场的前锋面出现了一个个以钻孔为中心的暗色圆圈，标志着注水在急剧降低火场温度。如果这一排圆圈连接起来，就有希望截断火势的蔓延。

但这使人稍稍安慰的局势并没有持续多长时间。在高大的钻塔旁边，来自油田的钻井队长找到了刘欣。

"刘博士，有三分之二的井位不能再钻了！"他在钻机和高压泵的轰鸣声中大喊。

"你开什么玩笑？！我们现在必须在火场上大量增加注水孔！"

"不行！那些井位的井压都在急剧增大，再钻下去要井喷的！"

"你胡说！这儿不是油田，地下没有高压油气层，怎么会井喷？！"

"你懂什么！我要停钻撤人了！"

刘欣愤怒地抓住队长满是油污的衣领，"不行！我命令你钻下去！不会有井喷的！听到了吗？不会！"

话音未落，钻塔方向就传来了一声巨响，两人转头望去，只见沉重的钻孔封瓦裂成两半飞了出来，一股黄黑色的浊流嘶鸣着从井口喷涌而出，浊流中，折断的钻杆七零八落地飞出。在人们的惊叫声中，那股浊流的色调渐渐变浅，这是由于其中泥沙含量减少的缘故。接着，它变成了雪白色。人们明白了，这是注入地

| 地 火 ───．

下的水被地火加热后变成的高压蒸汽！刘欣看到了司钻的尸体被挂在钻塔那高高的顶端，在白色的蒸汽冲击下疯狂地摇晃，时隐时现。而钻台上的另外三个工人已不见踪影！

更恐怖的一幕出现了，那条白色巨龙的头部脱离了地面，渐渐升起，最后升到了钻塔以上，仿佛横空出世的白发魔鬼，而这魔鬼同地面的井口之间，除了破损的井架之外竟空无一物！只能听到那可怕的啸声，以至于几个年轻工人以为井喷停了，犹豫着向钻台迈步，但刘欣死死抓住了他们中的两个，高喊："不要命了！过热蒸汽！"

在场的工程师们很快明白了眼前这奇景的含义，但让其他人理解并不容易。同人们的常识相反，水蒸气是看不到的，人们看到的白色只是水蒸气在空气中冷凝后结成的微小水珠。而水在高温高压下会形成可怕的过热蒸汽，其温度高达四五百摄氏度！它不会很快冷凝，所以现在只能在钻塔上方看到它显形。这样的蒸汽平常只在火力发电厂的高压汽轮机中存在，而它一旦从高压输气管中喷出（这样的事故不止一次发生），就可以在短时间内穿透一堵砖墙！人们惊恐地看到，刚才潮湿的井架在无形的过热蒸汽中很快被烤干了，几根悬在空中的粗橡胶管像蜡做的一样被熔化！这魔鬼蒸汽冲击着井架，发出让人头皮发麻的巨响……

地下注水已不可能了。即使可能，注入地下火场中的水的助燃作用已大于灭火作用。

应急指挥中心的全体成员来到距地火前端最近的三矿四号井井口前。

"火场已逼近这个矿的采掘区。"阿古力说,"如果火头到达采掘区,矿井巷道将成为地火强有力的供氧通道,那时,地火火势将猛增许多倍……情况就是这样。"他打住了话头,不安地望着局长和三矿矿长。他知道采煤人最忌讳的是什么。

"现在井下情况怎么样?"局长不动声色地问。

"八个井的采煤和掘进工作都在正常进行,这主要是为了安定着想。"矿长回答。

"全部停产,井下人员立即撤出。然后,"局长停了下来,沉默了两三秒钟,"封井。"局长终于说出了那两个最让采煤人心碎的字。

"不!不行!"李民生失声叫道,然后才发现自己还没想好理由,"封井……封井……社会马上就会乱起来,还有……"

"好了。"局长轻轻挥了一下手,他的目光说明了一切:我知道你的感觉,我也一样,大家都一样。

李民生抱头蹲在地上,双肩颤抖,却哭不出声来。矿山的领导者和工程师们面对井口默默地站着,宽阔的井口像一只巨大的眼睛看着他们,就像20多年前看着童年的刘欣一样。

他们在为这座百年老矿致哀。

不知过了多长时间,局总工程师低声打破沉默:"井下的设备,看看能弄出多少就弄出多少。"

地 火

"那么,"矿长说,"组织爆破队吧。"

局长点点头,"时间很紧,你们先干,我同时向部里请示。"

局党委书记说:"不能用工兵吗?用矿工组成的爆破队……怕要出问题。"

"考虑过,"矿长说,"但现在到达的工兵只有一个排,即使爆破一个井,人力也远远不够。再说,他们也不熟悉井下爆破作业。"

……

距火场最近的四号井最先停产。井下矿工一批批地乘电轨车上到井口,发现上百人的爆破队正围在一堆钻杆旁边等待着什么。他们上前去打听,但爆破队的矿工们也不知道自己要干什么,只是接到命令带着钻孔设备集合。突然,人们的注意力都被吸引到一个方向,一个车队正在朝井口开来。第一辆卡车上坐满了持枪的武警,跳下车来为后面的卡车围出了一块停车场。后面有11辆卡车,它们停下后,篷布很快被掀开,露出了下面整齐码放的黄色木箱。矿工们惊呆了,他们知道那是什么。

整整十卡车,是每箱24公斤装的硝酸铵二号矿井炸药,总重约有50吨。最后一辆较小的卡车上有几捆用于绑药条的竹条。还有一大堆黑色塑料袋,矿工们知道那里面装的是电雷管。

刘欣和李民生刚从一辆车的驾驶室里跳下来,就看到刚任命的爆破队队长——一个长着络腮胡的壮汉,手里拿着一卷图纸迎面走来。

"李工，这是让我们干什么？"队长问，同时展开图纸。

李民生指点着图纸，手微微发抖："三条爆破带，每条长35米，具体位置在下面那张图上。爆孔分150毫米和75毫米两种，装药量分别是每米28公斤和每米14公斤，爆孔密度……"

"我问你要我们干什么？！"

在队长那喷火双眼的逼视下，李民生无声地低下头。

"弟兄们，他们要炸毁大巷啦！"队长转身冲人群高喊。矿工中一阵骚动，接着如一堵墙一样围逼上来。武警士兵组成半圆形阻止人群靠近卡车，但在那势不可当的黑色人海的挤压下，警戒线弯曲变形，很快就要被冲破了。这一切都是在阴沉的气氛中发生的，只听到脚步的摩擦声和拉枪栓的声响。在最后关头，人群停止了涌动，矿工们看到局长和矿长出现在一辆卡车的踏板上。

"我15岁就在这口井干了，你们要毁了它？！"一个老矿工高喊，脸上刀刻般的皱纹在厚厚的煤灰下仍很清晰。

"炸了井，往后的日子怎么过？"

"为了什么炸井？"

"现在矿上的日子已经很难了，你们还折腾什么？"

……

人群炸开了，愤怒的声浪一阵高过一阵。在那落满煤灰的黑脸的海洋中，白色的牙齿十分醒目。局长冷静地等待着，人群在愤怒的声浪中又骚动起来，在即将再次失控时，他才开始说话：

地 火

"大家往那儿看。"他向井口旁边的一座小山丘指去。他的声音不大,但却使愤怒的声浪立刻平息下来,所有的人都朝他指的方向看去。

那座小山丘顶上立着一根黑色的煤柱子,有两米多高,粗细不均。一圈落满煤尘的石栏杆围着那根煤柱。

"大家都管那东西叫老炭柱,但你们知道吗?它立起来的时候并不是一根柱子,而是一块四四方方的大煤块。那是100多年前,清朝的张之洞总督在开矿典礼上立起的。它是被这百年来的风雨蚀成一根柱子了。这一百多年,我们这个矿山经历了多少大灾大难,谁还记得清呢?这时间不短啊同志们,四五辈人啊!这么长时间,我们总该记下些什么,总该学会些什么。如果实在什么也记不下,什么也学不会,总该记下和学会一样东西,那就是——"局长对着黑色的人海挥起双手,"天,塌不下来!"

空气凝固了,似乎连呼吸都已停滞。

"中国的产业工人,中国的无产阶级,没有比我们历史更长的了,没有比我们经历的风雨和灾难更多的了。煤矿工人的天塌了吗?没有!我们这么多人现在能站在这儿看那老炭柱,就是证明,我们的天塌不了!过去塌不了,将来也塌不了!

"说到难,有什么稀罕啊同志们,我们煤矿工人什么时候容易过?从老祖宗辈算起,我们什么时候有过容易日子啊!你们再扳着指头算算,中国的,世界的,工业有多少种,工人有多少种,哪种比我们更难?没有,真的没有。难有什么稀罕?不难才怪,因为我们不但要顶起天,还要撑起地啊!怕难,我们早断子绝孙了!

"但社会和科学都在发展,很多有才能的人在为我们想办法,这办法现在想出来了,我们有希望完全改变自己的生活,我们要走出黑暗的矿井,在太阳底下,在蓝天底下采煤了!煤矿工人,将成为最让人羡慕的工作!这希望刚刚出现,不信,就去看看南山沟那几根冲天的大火柱!但正是这次努力,引发了灾难,关于这个,我们会跟大家详细交代。现在大家只需明白,这可能是煤矿工人的最后一难了,是为我们美好明天付出的代价,就让我们抱成一团渡过这一难吧。我还是那句话,多少辈人都过来了,天塌不下来!"

人群默默地散去后,刘欣对局长说:"现在,我算真正认识了您和我父亲,我可以死而无憾了。"

"只干,别多想。"局长拍拍刘欣的肩膀,又在那里攥了一下。

四号井主巷道爆破工程开始一天后,刘欣和李民生并肩走在主巷道里,脚步发出空洞的回响。他们正走过第一爆破带,昏暗的顶灯下,可以看到高高的巷道顶上密布爆孔,引爆电线如彩色瀑布一样泻下来,在地上叠成一堆。

李民生说:"以前我总觉得自己讨厌矿井,恨它吞掉了自己的

| 地 火 ___.

青春。但现在才知道,我已同它融为一体了。恨也罢,爱也罢,它就是我的青春了。"

"我们不要太折磨自己。"刘欣说,"我们毕竟干成了一些事,不算烈士,就算阵亡吧。"

他们沉默下来,同时意识到,他们谈到了死。

这时,阿古力从后面气喘吁吁地跑过来:"李工,你看!"他指着巷道顶说。他指的是几根粗大的帆布管子,那是井下通风管,现在它们瘪下来了。

"天啊,什么时候停的通风?"李民生大惊失色。

"两个小时了。"

李民生用对讲机很快叫来了通风科科长和两名通风工程师。

"没法恢复通风了,李工,下面的通风设备——鼓风机、马达、防爆开关,甚至部分管路——都拆了呀!"通风科长说。

"你浑蛋!谁让你们拆的,你找死啊!"李民生一反常态,破口大骂起来。

"李工,这是怎么讲话嘛!谁让拆?封井前尽可能多地转移井下设备可是局里的意思,停产安排会你我都是参加了的!我们的人没日没夜干了两天,拆上来的设备有上百万元,就落你这一顿臭骂?再说井都封了,还通什么鸟风!"

李民生长叹一口气。直到现在,事情的真相还没有公布,所以才出现了这样的问题。

"这有什么?"通风科的人走后,刘欣问,"通风不该停吗?这样不是还可以减少地下的氧气流量?"

"刘博士,你真是个理论的巨人、行动的矮子。一接触到实际,你就什么都不懂了。真像李工说的,你只会做梦!"阿古力说。自煤层失火以来,他对刘欣一直没有客气过。

李民生解释:"这里的煤层是瓦斯高发区,通风一停,瓦斯在井下很快聚集,地火到达时可能引起大爆炸,其威力有可能把封住的井口炸开,或者炸出新的供氧通道。不行,必须再增加一条爆破带!"

"可李工,上面第二条爆破带才只干到一半,第三条还没开工,地火距离南面的采区已很近了,把原计划的三条做完都怕来不及啊!"

"我……"刘欣小心地说,"我有个想法不知行不行。"

"哈,用你们的话怎么说,这可是破天荒了!"阿古力冷笑着说,"刘博士还有拿不准的事儿?刘博士还有需要问别人才能决定的事儿?"

"我是说,现在最深处的这一条爆破带已做好,能不能先引爆这一条?这样一旦井下发生爆炸,至少还有一道屏障。"

"要行早这么做了。"李民生说,"爆破规模很大,引爆后,巷道里的有毒气体和粉尘会长时间散不开,让后面的施工无法进行。"

地　火

地火的蔓延速度比预想的快，施工领导小组决定只打两条爆破带就引爆，尽快从井下撤出施工人员。天快黑时，大家正在离井口不远的生产楼中，围着图纸研究如何利用一条支巷最短距离地引出起爆线，李民生突然说："听！"

一声低沉的响声隐隐约约从地下传来，像大地在打嗝。几秒钟后又一声。

"是瓦斯爆炸，地火已到采区了！"阿古力紧张地说。

"不是说还有一段距离吗？"

没人回答，刘欣的"地老鼠"探测器已用完，现有落后的探测手段很难准确把握地火的位置和推进速度。

"快撤人！"

李民生拿起对讲机，但任凭他如何大喊，都没有任何回答。

"我上井前见张队长干活时怕碰坏对讲机，把它和导线放一块儿了，下面几十台钻机同时钻，声音很大！"一个爆破队的矿工说。

李民生跳起来冲出生产楼，安全帽也没戴，就叫了一辆电轨车，以最快速度向井下开去。电轨车在井口消失前的一瞬，追出来的刘欣看到李民生在向他招手，还对他笑——李民生已经很长时间没笑过了。

地下又传来几声闷响，然后平静下来。

"刚才的一阵爆炸，能不能把井下的瓦斯消耗掉？"刘欣问身边的一名工程师，对方惊诧地看了他一眼。

"消耗？笑话，它只会把煤层中更多的瓦斯释放出来！"

果然，一声冲天巨响，仿佛是地球在脚下爆炸了，井口立刻淹没于一片红色火焰之中。气浪把刘欣高高抛起，世界在他眼中疯狂旋转，同他一起飞落的是纷乱的石块和枕木。刘欣还看到了电轨车的一节车厢从井口的火焰中飞了出来，像一粒被吐出的果核。

刘欣重重地摔到地上，碎石在他身边纷纷掉下，每一块碎石上似乎都有血……刘欣又听到几声沉闷的巨响，那是井下炸药被引爆的声音。失去知觉前，他看到井口的火焰消失了，代之以滚滚的浓烟……

一年以后

刘欣仿佛行走在地狱中。整个天空都是黑色的烟云，太阳是一只勉强能看见的暗红色圆盘。由于尘粒摩擦产生的静电，烟云中不时出现幽幽的闪电。每当此时，地火之上的矿山就在青光中凸显出来，那图景一次次萦回在他的脑海中。烟尘是从矿山的一个个井口冒出的，每个井口都吐出一根烟柱，烟柱的底部映着地火狰狞的暗红光芒，向上渐渐变成黑色，如天地间一条条扭动的怪蛇。

地 火 ———.

  公路是滚烫的，沥青路面熔化了，每走一步几乎都要扯下刘欣的鞋底。路上挤满了逃难的人流和车辆，闷热的空气中充满了硫黄味，还不时有雪花状的灰末从空中落下。每个人都戴着呼吸面罩，身上落满了白灰。道路拥挤不堪，全副武装的士兵在维持秩序，一架直升机穿行在烟云中，用高音喇叭劝告人们不要惊慌……疏散移民在冬天就开始了，本计划在一年时间内完成，但现在地火势头突然变猛，只得紧急加快进程。一切都乱了，法院对刘欣的庭审一再推迟，以至于今天早上他所在的候审间都没人看管了，于是他迷迷糊糊地走了出来。

  公路以外的地面已干燥开裂，裂纹又被厚厚的灰尘填满，脚踏上去扬起团团尘雾。一个小池塘冒出滚滚蒸汽，黑色的水面上浮满了鱼和青蛙的尸体。现在是盛夏，可见不到一点绿色。地面上的草全部枯黄了，埋在灰尘中。树也都是死的，有些还冒出青烟，已变成木炭的枝丫像怪手一样伸向昏暗的天空。所有的建筑都已人去楼空，有些从窗子中冒出浓烟。

  刘欣看到了老鼠，它们被地火的热力从穴中赶出，数量惊人，大群大群地拥过路面……刘欣向矿山深处走去，地火的热力愈发强劲，从他的脚踝沿身体升腾上来。空气更加闷热污浊，即使戴上面罩也难以呼吸。地火的热量在地面上并不均匀，刘欣本能地避开灼热的地面，但能走的路越来越少了。

  地火热力突出的区域，建筑燃起了大火，火海中不时响起建筑物倒塌的巨响……刘欣已来到井区，走过一口竖井，那竖井已变成了地火的烟道，高大的井架被烧得通红，热流冲击井架，发出让人头皮发麻的尖啸，滚滚热浪逼得他不得不远远绕行。选煤楼被浓烟吞没了，后面的煤山已燃烧多日，成了一块发出红光和火苗的巨大火炭……

这里已看不到一个人。刘欣的脚烫起了泡，身上的汗几乎流尽。他呼吸艰难，几近休克，但他的意识是清醒的。他用生命最后的能量向最后的目标走去。那个井口喷出的地火的红色光芒召唤着他。他到了。他笑了。

刘欣转身朝井口对面的生产楼走去。还好，虽然从顶层的窗口中冒出浓烟，但楼还没有着火。他走进开着的楼门，拐入一间宽大的班前更衣室。地火的红光透过窗户，染红了房间里的一切，包括那一排衣箱。刘欣沿着这排衣箱走去，仔细辨认上面的号码，他很快找到了要找的那个。

这衣箱让他想起了儿时的一件事，那时父亲刚调到采煤队当队长。这是最野的一个队，出名地难带。那些野小子根本没把父亲放在眼里。本来嘛，看他在班前会上那可怜样儿，怯生生地要求把一个掉下的衣箱门钉上去，当然没人理他。小伙子们只顾在边上甩扑克、骂脏话，父亲只好说，那你们给我找几颗钉子我自己钉吧。有人扔给他几颗钉子。父亲说再找把锤子吧，这次真没人理他了。但接着，小伙子们突然鸦雀无声，他们目瞪口呆地看

| 地　火 ──·

着父亲用大拇指把那些钉子一颗颗摁进木头中去！事情有了改变，小伙子们很快站成一排，敬畏地听着父亲的班前讲话……

现在，这箱子没锁。刘欣拉开后发现，里面的衣物居然还在！他又笑了，心里想象着20多年来用过父亲衣箱的那些矿工的模样。他把里面的衣服取出来，首先穿上厚厚的工作裤，再穿上同样厚的工作衣。这套衣服上沾满了厚厚的油泥，发出一股浓烈的、刘欣并不熟悉的汗味和油味。这味道使他真正镇静下来，进入一种类似幸福的状态中。

接着，他穿上胶靴，拿起安全帽，把放在衣箱最里面的矿灯拿出来，用袖子擦掉灯上的灰，把它卡到帽檐上。他又去找电池，没有找到，打开另一个衣箱后找到了。

他把那块笨重的矿灯电池用皮带系到腰间，突然想到电池还没充电，毕竟矿上完全停产已一年了。但他记得灯房的位置，就在更衣室对面，他小时候不止一次在那儿看到灯房的女工们把冒着黄烟的硫酸喷到电池上充电。但现在不行了，灯房笼罩在硫酸的黄烟之中。

他庄重地戴上有矿灯的安全帽，走到一面布满灰尘的镜子面前。在那红光闪动的镜子中，他看到了父亲。

"爸爸，我替您下井了。"刘欣笑着说，转身走出楼，向喷着地火的井口大步走去。

后来有一名直升机驾驶员回忆说，他当时低空飞过二号井，在那一带做最后的巡视，好像看到井口有一个人。那人在井内地火的红光中只是一个黑色的剪影，像是在向井下走去，但一转眼，那井口又只有火光，别的什么都看不见了。

120 年后

（一个初中生的日记）

过去的人真笨，过去的人真难。

知道我这印象是怎么来的吗？今天我参观了煤炭博物馆，给我印象最深的是：

居然有固体的煤炭！

我们首先穿一身奇怪的衣服，那衣服有一顶头盔，头盔上有一盏灯，灯通过导线同挂在我们腰间的一个很重的长方形物体连着。我原以为那是一台电脑（也太大了些），谁想到那竟是这盏灯的电池！这么大的电池，能驱动一辆高速赛车，却只用来点亮这盏小小的灯。我们还穿上了高高的雨靴。老师告诉我们，这是早期矿工的井下服装。有人问井下是什么意思，老师说你们很快就会知道的。

我们上了一列运行在小铁轨上的车，有点像早期的火

| 地 火 ——●

车,但小得多,上方有一根电线为车供电。车开动起来,很快钻进一个黑黑的洞。里面真黑,只有上方不时掠过一盏昏暗的小灯。我们头上的灯发出的光也很弱,只能看清周围人的脸。风很大,在我们耳边呼啸,我们好像在向一个深渊坠下去。艾娜尖叫起来。讨厌,她就会这样叫。

"同学们,我们下井了!"老师说。

不知过了多长时间,车停了,我们由较宽大的隧道进入了它的一个分支。这里又窄又小,要不是戴着头盔,我的脑袋早就碰起好几个包了。我们头灯的光圈来回晃着,但什么都看不清楚,艾娜和几个女孩子又叫着说害怕。

过了一会儿,我们眼前的空间开阔了一些,这里有许多根柱子支撑着顶部。在对面,我又看到许多光点,也是我们头盔上的这种灯发出的。走近一看,发现那里有许多人在工作,他们有的用一种钻杆很长的钻机在洞壁上打孔。那钻机不知是用什么驱动的,声音让人头皮发麻。有的人在用铁锹把看不清楚的黑色东西铲到轨道车上和传送带上,不时有一阵尘埃扬起,把他们隐没其中,头灯在尘埃中划出一道道光柱……

"同学们,我们现在所在的地方叫采煤工作面,你们看到的是早期矿工工作的景象。"

有几个矿工向我们这边走来,我知道他们都是全息图像,并没有让路。几个矿工的身体穿过我,我把他们看得一清二楚,顿时惊呆了。

"老师,那时的中国煤矿全部雇用黑人吗?"

"为了回答这个问题,我们将真实地体验一下当时采煤工作的空气,注意,只是体验,所以请大家从右衣袋中拿出呼吸面罩戴上。"

我们戴好面罩后,又听到老师的声音:"大家注意,这是真实的,不是全息影像。"

一片黑尘飘过来,我们的头灯也射出了道道光柱。我惊奇地看着光柱中密密的尘粒在纷飞闪亮。这时,艾娜又惊叫起来,像合唱的领唱,好几个女孩子也跟着她大叫起来,再后来,竟有男孩的声音加入!我扭头想笑他们,但看到他们的脸时自己也叫出声来——所有人都成了黑人,只有呼吸面罩盖住的一小部分是白的。这时,我又听到一声尖叫,立刻汗毛直立,这是老师在叫:"天啊,斯亚!你没戴面罩!"

斯亚真没戴面罩,他同那些全息矿工一样,成了最地道的黑人。"老师您在历史课上反复强调,学这门课的关键在于对过去时代的感觉。我想真正感觉一下。"他说着,嘴巴里的白牙一闪一闪的。

警报声不知从什么地方响起。不到一分钟,一辆水滴

地 火

状的微型悬浮车无声地停到我们中间,这种现代的东西出现在这里真是煞风景。从车上下来两个医护人员,现在真正的煤尘已被完全吸收,只剩下全息影像"煤尘"还飘浮在周围,所以医生在穿过"煤尘"时雪白的服装一尘不染。他们拉住斯亚往车里走。

"孩子,"一个医生盯着他说,"你的肺受到很严重的损伤,至少要住院一个星期,我们会通知你家长的。"

"等等!"斯亚叫道,手里抖动着那个精致的全隔绝内循环面罩,"一百多年前的矿工也戴这东西吗?"

"不要废话,快去医院!你这孩子也太不像话了!"老师气急败坏地说。

"我和先辈是同样的人,为什么……"

斯亚没说完话就被硬塞进车里。"这是博物馆第一次出这样的事故,你要对此事负责!"一个医生上车前指着老师严肃地说。同来时一样,悬浮车无声地开走了。

我们继续参观,沮丧的老师说:"井下的每一项工作都充满危险,且需消耗巨大的体力。随便举个例子,这些铁支柱,在这个工作面的开采工作完成后,都要回收。这项工作叫'放顶'。"

我们看到一名矿工用铁锤击打支架中部的一个铁销,把支架拆为两段取下,然后扛走了。我和一个男孩试着去搬平放在地上的一个支架,才知道它重得要命。"放顶是一项很危险的工作,因为在撤走支架的过程中,工作面顶板随时都会塌落……"老师说道。

这时,我们头顶发出不祥的摩擦声。我抬起头来,在矿灯的光圈中,看到头顶刚拆走支架的那部分岩石正在张开一个口子。我还没来得及反应,它们就塌了下来。大块岩石的全息影像穿透我的身体落到地上,发出一声巨响,尘埃腾起遮住了一切。

"这个井下事故叫作'冒顶'。"老师的声音在旁边响起,"大家注意,伤人的岩石不只是来自上部……"

话音未落,我们旁边的一面岩壁竟垂直地向我们扑来,冲出相当的距离后才化为一堆岩石砸下来,好像有一个巨大的手掌从地层中把它推出来一样。岩石的全息影像把我们埋没了。一声巨响后,我们的头灯全灭了。在一片黑暗和女孩儿们的尖叫中,我又听到老师的声音。

"这个井下事故叫'瓦斯突出'。瓦斯是一种气体,它被封闭在岩层中,有巨大的气压。刚才我们看到的景象,就是工作面的岩壁抵挡不住这种压力,被它推出的情景。"

所有人的头灯又亮了,大家长出一口气。这时,我听到了一个奇怪的声音,有时高亢,如万马奔腾;有时低沉,像巨人耳语。

| 地　火 ▂▂▂▂

"孩子们注意，洪水来了！"

正当我们迷惑之际，不远处的巷道口喷出了一股粗大汹涌的洪流，整个工作面很快被淹没在水中。我们看着浑浊的水升到膝盖上，然后又没过了腰部，水面反射着头灯的光芒，在顶部的岩石上映出一片模糊的亮纹。水面上漂浮着被煤粉染黑的枕木，还有矿工的安全帽和饭盒……当水到达我的下巴时，我本能地长吸一口气，然后就全部没在水中，只能看到自己头灯的光柱照出的一片混沌的昏黄，和下方不时升上的水泡。

"井下的洪水有多种来源，可能是地下水，也可能是矿井打通了地面的水源，无论是哪一种，它都比地面洪水对人生命的威胁大。"老师的声音在水下响着。

水的全息影像瞬间消失了，周围的一切又恢复了原样。这时，我看到了一个奇怪的东西，像一个肚子鼓鼓的大铁蛤蟆，很大很重，我指给老师看。

"那是防爆开关，因为井下的瓦斯是可燃气体，使用防爆开关可避免一般开关产生的电火花。这关系到我们就要看到的可怕的井下危险……"

又一声巨响。但同前两次不一样，这次似乎是从我们体内发出的，冲破我们的耳膜来到外面。来自四方的强大冲击压缩着我的每一个细胞。在一股灼人的热浪中，我们被淹没于一片红色的光晕里。这光晕是周围的空气发出的,充满了井下的每一寸空间。不多时,红光迅速消失,一切都陷入无边的黑暗中……

"很少有人真正看到瓦斯爆炸,因为在井下遇到它的人很难生还。"老师的声音像幽灵般在黑暗中回荡。

"过去的人来这样可怕的地方,到底为了什么?"艾娜问。

"为了它。"老师举起一块黑石头。在我们头灯的光柱中,它的无数小平面闪闪发光。就这样,我第一次看到了固体的煤炭。

"孩子们,我们刚才看到的是20世纪中叶的煤矿。后来,出现了一些新的机械和技术,比如液压支架和切割煤层的大型机器等,这些设备在那个世纪的后20年进入矿井,使井下的工作条件有了一些改善,但煤矿仍是一个工作环境恶劣且充满危险的地方,直到……"

以后的事情就索然无味了。老师给我们讲气化煤的历史,说这项技术是在80年前全面投入应用的。那时,世界石油即将告罄,各大国为争夺仅有的油田陈兵中东,世界大战一触即发,是气化煤技术拯救了世界……这我们都知道,没意思。

我们接着参观现代煤矿,有什么稀奇的,不就是我们

| 地　火 ____.

每天看到的从地下接出并通向远方的许多大管子吗？不过，我倒是第一次进入了那座中控大楼，看到了燃烧场的全息图。真大！还看到了监测地下燃烧场的中微子传感器和引力波雷达，还有激光钻机……也没意思。

老师在回顾这座煤矿的历史时说，100多年前，这里被失控的地火烧毁过，那火烧了18年才被扑灭。那段时期，我们这座美丽的城市草木生烟，日月无光，人民流离失所。失火的原因有多种说法，有人说是一次地下武器实验造成的，也有人说与当时的绿色和平组织有关。

我们不必留恋所谓过去的好时光，那个时候生活充满艰难、危险和迷惘；我们也不必为今天的时代过分沮丧，因为今天，也总有一天会被人们称作——过去的好时光。

过去的人真笨，过去的人真难。

临界 / 王晋康

低烈度纵火

| 地 火

> 谨以此文献给我仰慕的一位科学家。但本文不是报告文学,人物、情节均有虚构。
>
> ——题记

一

我永远忘不了那一天——1990年6月22日,因为此后数月令人惊悚的日子是从那天开始的。那年,我14岁,姐姐文容16岁,爷爷文少博78岁,奶奶楚白水75岁。

离亚运会开幕还有整整三个月,在北京随处可以感受到亚运会的脉搏。街上到处是大幅标语，高架桥的栏杆上插满"迎接亚运"的彩旗，姐姐和我的学校里都在挑选亚运会的志愿服务人员，公交车司机在学习简单的英语会话。只有爷爷游离于这种情绪之外，仍独自待在书房里埋头计算。那天早上，奶奶比往常起得更早，做好早饭，拿出一套新衣让爷爷穿上，昨晚她已逼爷爷去理了发。她端详着穿戴整齐的爷爷，笑道："哟，这么一打扮，又是一个漂漂亮亮的老小伙儿啦！"

姐姐和我都起哄，说："爷爷真漂亮，爷爷帅呆啦！"爷爷像小孩子一样难为情地笑着。爷爷老啦，确实有点儿"老小孩"的迹象，笑起来像小孩一样天真。他在生活琐事上一向低能，现在更离不开奶奶的照顾。爷爷生于豪门望族，当年的文家二少爷也曾是风流倜傥。但他从英国留学归来便选择了一项最艰苦的职业——地质勘探。50年的风雨已经彻底改变了他的气质，现在，从外貌看来，他更像偏远地区的乡村老教师。

爷爷马上要去位于复兴路北的国家地震局（我去过那里，是一幢能抗7.0级地震的大楼）作报告，报告的具体内容爷爷对我们严格保密，他一向严格执行《地震预报条例》的规定。不过据我猜测，这次报告很可能涉及亚运会期间的震情。

别人开玩笑说，我家实行隔代遗传。爷爷是国内著名的地质学家，国内几个大油田的发现都有他的功劳，连他的学生中都有几个中科院院士呢。奶奶是有名的医学生物学家，中国消灭了天

地　火

花和脊髓灰质炎病毒，其中有她很多心血。可惜爸爸那代人没继承他们的衣钵，不过这个传统让我和姐姐接续上了。虽说在1990年说这话还嫌太早，但至少在我和姐姐的学校里，我们已是有名的地震和病毒小专家了。

我父母常年在外地（大庆油田）。自从爷爷奶奶退休并定居北京后，我和姐姐一直住在爷爷家。那时爷爷还没有搬家，住在平安里一座小四合院里，房子十分破旧，下雨时首先要用雨布遮盖爷爷的那台286电脑，然后收拾满桌满床的大部头书籍：《地震学》《世界地震带挂图》《古地磁学》《地球固体潮》《20年中国地震台网观测报告汇编》《病毒学》《医学免疫学》《血型血清学》《干扰素治疗》……爷爷奶奶似乎比退休前还忙，尤其是爷爷，每天埋头于电脑前，认真计算着。夏天，破旧的纱门挡不住蚊虫，他干脆弄两只水桶把腿脚泡进去，一来防蚊叮，二来降温。冬天房子像冰窖，他把一只小火炉放在桌边，手冻僵了，就在火上烤一会儿。这种情形一直持续到石油物探局专门为爷爷配置了一台取暖锅炉为止。

他们的学生常常来这儿探望或请教。他们先站在天井里大声问好，然后再进屋。凡是爷爷的学生，都会说"老师、师母好"；凡是奶奶的学生，则说"文老师、楚老师好"。我和姐姐发现这条规律，常躲在一旁验证，百试百灵。

我和姐姐并没有刻意去继承爷爷奶奶的衣钵，但他们的知识不知不觉就传给我们了，因为这些知识一直弥漫在空气中，潜移默化地渗入了我们的血液。比如，姐姐常常流利地告诉同学，病毒都是采用超级寄生，利用被攻击细胞的核酸来繁殖的，所以，任何药物包括抗生素在内，对病毒基本是无能为力的，只能依靠人类在千万年进化中产生的特异免疫力，疫苗的作用则是唤醒和强化这种免疫力。不过，人类对病毒的战争已经取得了里程碑式的成功，天花病毒已经被全歼，脊髓灰质炎病毒的全歼已经提上日程。为什么先拿这两种病毒开刀？因为它们只寄生于人体，没有畜禽的交叉感染渠道。现在，卫生部正在部署围剿脊髓灰质炎病毒的大战役，他们将从1993年开始，连续数年对8亿儿童进行免疫。奶奶虽然已退休，卫生部的轿车仍然常来把她接去参加某个重要讨论会。姐姐笑着对奶奶说："奶奶，别把坏蛋杀完了，留两个给孩儿杀杀。"

奶奶笑道："留着哪，病毒的全歼可不是二三百年能干完的事。"

我也常常给同学举办地震知识讲座。我说，地震对人类来说是最凶恶的自然灾难，20世纪共发生7.0级以上地震65起，8.0级以上7起，死亡103万人。地震中最常见的是构造型地震，因为地壳是由六大板块（太平洋、亚欧、非洲、美洲、印度洋、南极洲）组成，各板块缓慢运动，互相挤压，形成三大地震带，即环太平洋地震带、欧亚地震带（又称地中海—喜马拉雅山地震带）

地 火

和海岭地震带。我国处于两大地震带之间,震灾十分频繁。1900年以来,中国地震死亡人数 55 万,占全世界的 53%;1949 年以来,死亡人数 27 万人,占全国同期自然灾害死亡人数的 54%。而且——和其他学科的科学家不同,地震学家们是一伙自卑的家伙,因为,尽管他们投入了巨大的心血,但在地震预报方面的成果实在是乏善可陈! 1966 年,邢台地震伤亡惨重,周总理亲自部署对地震预报的研究。1975 年,地震学家成功预报了海城地震,经联合国教科文组织评定,成为唯一载入地震预报史册的范例。那时,在"文革"期间的亢奋中,有人宣称中国已完全掌握地震预报的规律。但仅仅一年后,唐山地震来了,它阴险地偷越过众多机构组成的警戒线,狞笑着扑向梦乡中的唐山人。对地震工作者来说,这是一次无可奈何的失败,地震爆发后,国家地震局一时还不能确定震中在哪儿!幸亏几位唐山人星夜驱车赶往国务院汇报灾情,国家才开始组织抢救工作。

我是在唐山地震之后出生的,但我想我目睹了唐山地震的惨景——通过爷爷的眼睛和爷爷的叙述。地震第二天,爷爷就赶到现场。美丽的唐山全毁了,房屋几乎全部倾颓,烟尘聚集在城市上空久久不散,就像死神的旗幡。火车轨道被扭成麻花,水泥路面错位。地上分布着很多纵横裂缝,最宽的可达 30 米。五个水库的大坝被震垮。一个男人从四楼跳下来,却被同时落下的楼板压住双脚,身体倒吊在半空中死了;一位妈妈已从窗户里探出半个身子，但还是被砸死，她最后的动作是竭力想护住怀中的孩子；另一位妈妈幸运地逃了出来，在废墟中机械地走动，哄着怀中的孩子——孩子早已长眠不醒；很多幸存者被挤在狭小的空间中，在黑暗和酷热中待了数天才被救出。一直到多少年后，他们睡觉时甚至不敢熄灯，因为只要沉入黑暗，他们就开始心理性的窒息！

一场空前绝后的浩劫啊！所有赶来救援的人，从身经百战的老师长到长着娃娃脸的小兵，都要惊愕地看上几分钟，把撕裂的心房艰难地拼复，才脸色阴沉地投入抢救。不过，对于地震工作者来说，更多的是痛愧，是无地自容。爷爷说，那时他乘的是石油勘探局的汽车，还没有成为众矢之的，而那些乘坐国家地震局车辆的同行们简直没法出门。一位老大爷对他们哀哀哭诉着："为啥不提前打个招呼哩，你们不是管地震预报的吗？"满身血迹的年轻伤员们咬牙切齿地骂："这些白吃饭的！"

国家地震局的老张是爷爷的熟人。白天，他们默默忍受着某些受灾人群的咒骂，记录着各种宝贵的资料。当时正值盛夏，废墟中的尸体很快就腐烂了，令人作呕的怪味儿在周围涌动，呕得人根本无法进餐。他们用酒精把口罩浸湿，一言不发地工作着。一天晚上，老张来找爷爷，声音嘶哑地说："文老，咱们出去走走！"爷爷跟他出去了。月亮没出来，废墟埋在浓重的夜色中，除了帐篷里泻出来的灯光，唐山黑得像地狱。老张一直低着头，磕

地　火

磕绊绊地走着，等到远离帐篷，老张站住了，一句话没说，忽然号啕大哭，哭得撕心裂肺！爷爷没劝他，陪着他默默流泪。痛痛快快哭了一场后，老张问他："文老，地震真的不能预报吗？咱们真的无能为力吗？"

爷爷生气地说："怎么不能！没有人类认识不了的规律！"

爷爷那时的主业是石油勘探，搞地震预测只是兼职。他在石油勘探方面已是一代宗师，桃李满天下，而且已年近古稀，没理由再转行。但邢台地震尤其是唐山地震后，几十万死者的号哭一直在他耳边回响。1978年，他正式递交了退休申请，从领导岗位上退下来，全身心投入地震预报的研究——但只能是私人性质的研究了。多年后，一位伯伯曾叹息地告诉我，你爷爷为这个决定吃了大亏。他那时虽然已68岁，但身体好，思路清晰，经验丰富，部里原打算让他再干几年的。他这么一退，首先是经济上吃亏，因为那些年还没有到涨工资的高峰期，退休工资很低。再者，过早地从科学家的主流圈中退出来，还有很大的隐性损失，这一点就不必多言了。

我想伯伯说得对。爷爷的晚年是相当困窘的，工资不高，又把大部分工资用于购买资料——他不是进行官方研究，资料费没处报销。可以说，退休后他完全靠奶奶的工资养着。在和爷爷奶奶共同生活的那几年里，我和姐姐都能感受到家中的贫穷。常常有国外的学生来看爷爷,他们大都衣着光鲜,唇红齿白,外貌比实际年龄要年轻20岁。他们惊讶地打量着爷爷的陋舍,小心地掩饰着目光中的怜悯。我想,恰在这时,我最佩服爷爷。因为他在这些怜悯的目光中尚能坦然微笑,不卑不亢。这一点太难了,至少我在这些客人面前就很难没有一点儿自卑。在我成人后,每当看到报上说某某知识分子"安于贫贱""儿不嫌母丑,狗不嫌家贫"之类的滥调时,我就反胃。我觉得,若不能让士大夫阶层过上相对舒适的生活,以保证他们思想和研究的自由,这个社会就是病态的、畸形的、没有前途的。

"爷爷,你后悔吗?"有一天,我向他转述了那位伯伯的话,问他。爷爷停下蒲扇,沉默地看着我。他不是在看我,是越过我的头顶看着远处。过一会儿,他说:"1966年邢台地震后,周总理亲自找李四光先生和我谈话。他痛心地说,地震给中华民族带来了深重的灾难,地震能预报吗?李先生说能!我也说能!周总理说:'拜托你们啦,希望在你们这一代把地震预报搞成。'从那时起我们做了很多努力,成功地预报了海城地震,可惜没能准确预报最凶残的唐山地震。现在,周总理和李先生都已不在人世,当时谈话的就剩下我一人了。"

他没有回答后悔不后悔,我也没再问。

我和姐姐吃早饭时,爷爷已早早吃完,坐在正间的竹圈椅

地　火

里静候。只听他低声问奶奶："车辆联系好了吗？不会误事吧？"这已是他第二次询问了。奶奶耐心地说："不会误事的，是国家地震局派的车，昨晚石油勘探局还问用不用他们派车，我谢绝了。"

姐姐瞄瞄爷爷，抿嘴乐道："你看爷爷就像赶考的孩子，蛮紧张呢！"我说："笑话，爷爷会紧张？爷爷可不是没见过世面的人，连政治局委员们都听过他的课呢。"姐姐没争辩，扒完饭骑车走了。我出去时，发现爷爷确实有点儿紧张，他一言不发地坐着，目光亢奋，手指下意识地敲着椅子扶手。后来，我知道了这次报告的内容之后，才理解爷爷的紧张，那是对于一个高度敏感的地区（首都）、高度敏感的时间（亚运会）所做的强震预报呀！事后，国家地震局的张爷爷说，当爷爷在6月22日报告会上撂出这个响炮时，会议参加者都惊呆了。他说："也只有你爷爷的资历和胆量敢撂这个响炮，只有他一人！"

该上学了，我推出自行车。这时，一辆轿车开到大门口，国家地震局的何伯伯进来，和我打了个招呼："小郁，上学呀？"我说："伯伯好，爷爷等您很长时间了。"何伯伯在天井处大声问了好，说："文老师咱们出发吧！师母，中午老师不回来，饭后休息一会儿，下午我送他回来。"奶奶交代着："若下午赶不回来，记住5点钟让他吃降压药，药片在他右边口袋里放着。最近血压又高了，低压130，高压200。"何伯伯说："我会提醒他的，师母，您放心。"

何先生扶爷爷上车后，汽车开走了。

爷爷预报地震不需要声光报警器，不需要 GPS 观测网络、地磁观测仪、地电观测仪、重力观测仪和电磁波观测仪，不需要水位计、蠕变仪、岩体膨胀计——作为私人性质的研究，他也没有这些条件。他所拥有的，就是他费尽心血搜集到的浩繁的地震资料，还有一把计算尺（后来升格为 286、386 电脑）。所有预测结果都是在纸上算出来的。

我常常帮爷爷计算，也很早就大致了解了他的理论核心——可公度计算。可公度计算是说：各地震带的地震肯定各自具有相对不变的物理成因，因而有相对不变的物理规律。这些物理成因可能埋得很深，一时抽提不出来，但可以先把它们虚化，用纯数学手段凑出一些公式来逼近它。有了这些近似公式，就能对未来的地震做出近似的预测。比如，1906 年以来，全世界范围 8.5 级以上地震共 12 次，按发生日期依次编号为 $X(i)$ =1917.5.1；1917.6.26；1920.12.16；1929.3.7……1958.11.6。用可公度法试算后发现间隔时间大致符合以下一些等式：

$X(3)+X(6)=X(2)+X(5)$

$X(4)+X(7)=X(1)+X(11)$

……

| 地　火 ─────・

$$X(3)+X(12)=X(4)+X(11)$$

把二元相加的结果画在坐标上，能得出一张图形基本对称的坐标图。依照这张图做适当外推，就可对未来的8.5级以上大震做出预测。当然，实际上没这么简单，真实计算时，每个预测结果都要用多元可公度计算互相校核，还要用爷爷自创的"醉汉游走理论"推算这个结果的可信度。但不管怎么说，这是一种极简化的运算，它抛弃了地震的物理内核，转化为地震参数的纯数学运算。

很早我就知道，地震界的大部分专家对爷爷的预测办法都颇有微词。由于爷爷的人品和声望，他们一般不公开批评，但私下里他们叹息着："文先生真的老了，文先生怎么从科学宿儒变成算命先生了呢？"这些叹息也传到我和姐姐的耳中。我们亦不免心中嘀咕：凭这些简单的计算就能抓住地壳深处潜行的魔鬼？但爷爷确实做出很多接近正确的预报：像1985年新疆乌恰地震，1989年10月17日美国旧金山6.9级地震，其后还有1992年6月28日美国加利福尼亚7.3级地震……

爷爷的声名（指地震预测方面的声名，作为石油地质学家他早已闻名遐迩了）渐渐传遍海内外。常常有国内外的人士给爷爷写信，对爷爷的"神机妙算"表示仰慕，把他誉为刘伯温式的"预测宗师"。慢慢地，我和姐姐也忘了心中的嘀咕。

爷爷不会错的──他怎么可能错呢？看看他为地震预测投入的

心血、做出的牺牲和承受的苦难,如果真有一个主管宇宙运行的上帝,也会被爷爷感动的。

亚运会一天天临近。街上满是吉祥物熊猫盼盼的图样。从盼盼家乡送来的熊猫雕塑在北中轴路落户,由于赶工太紧,这件雕塑有点儿失真、驼背,不过孩子们不大理会这点儿"残疾",照样喜欢它。奥林匹克体育中心、亚运村、专为亚运村配套的北辰购物中心都相继完工,亚运会的气氛越来越浓了。

6月22日以后,国家地震局在门头沟召开了北京震情会商会,这次爷爷没有参加。由于爷爷的严格保密,我一直不知道爷爷曾撂过一个响炮,但我对爷爷的行迹越来越疑惑。两个月来,他一直趴在电脑前狂热地计算着、校核着。他的血压飙升,眼睛充血,手指发颤,脸色像是害了一场大病。奶奶很着急,逼着他吃药,有时甚至强行关掉电脑,但只要奶奶转过脸,他马上就会溜回书房。

他为什么这样焦灼和担心?姐姐发现了他的异常,担心地问:"奶奶,爷爷的脸色太差了,他在忙些什么呀?"

奶奶只含糊地搪塞过去。

这一天,我夜里起来小便,偶然听到爷爷焦灼的低语:"……已多次校核,每次可公度计算指向同一个结果……我从来没有这样肯定过……国家地震局迟迟不发震情预报……"

地　火

　　我愣住了。从这些只言片语中，我足以猜到爷爷焦虑的原因：北京有地震！在亚运会期间！

　　大概听到我的动静，爷爷那边不说话了。我小便后躺在床上睡不着。木隔板那边，姐姐睡得正香，鼻息绵绵细细。犹豫了半个小时，我跳下床，偷偷溜到爷爷的电脑前，打开它。爷爷的资料库设置有密码，但他对密码太自信了。爷爷 70 岁开始学电脑，现在已经能熟练地应用，这已经相当不易。不过他毕竟老了，只能浮在电脑的表层程序，而我能下潜到水底。没费什么事，我就破解了密码，打开爷爷的文件，一帧帧地寻找，终于找到我要的东西：

90.07 号震情预报：

预测三要素为：

时间：1990 年 9 月 20 日

地点：北京昌平一带

震级：7.5～8.0 级

附注：已提交 1990 年 5 月 5 日政协第七届全国委员会

　　昌平？ 8.0 级地震？亚运会期间？我简直傻了。屏幕上似乎闪出唐山大地震的画面：倾颓的楼房，阳台在半空中摇晃……扭曲的钢轨，阴森森的地裂……我打了一个寒战，揉揉眼睛，另一些画面又占据了屏幕：死在窗台边的母女，半空中倒吊的男人……令人作呕的腐尸气味……

有人拍拍我的脑袋，我惊得一乍，迅速扭回头，是姐姐。她揉着眼睛好奇地看着我。"郁郁，你在干什么？已经夜里两点啦！"她睡意浓浓地说。我赶忙关了电脑，强笑道："没事没事，我在查一份资料。姐姐，别告诉爷爷奶奶啊！"

我溜了回去，睡到床上。姐姐解手后还隔着木板壁问了一句："郁郁，你在查什么？"我装着没听见。我不敢告诉姐姐，女孩子的嘴巴总是要松一些。虽然14岁是一个满不在乎的年龄，但从小受爷爷熏陶，我知道地震预报泄漏出去是多么严重的事情。

我想那晚我一定会失眠的，但一个小时后我还是进入了梦乡。

因为心中藏有这个恐怖的秘密，我在一夜之间长了10岁。我独自从欢快亢奋的社会氛围中游离出来，惊悸地注视着亚运会的进程。开幕式已开始彩排，看过彩排的同学眉飞色舞地说：美极了！报道说，萨马兰奇已经确定要出席亚运会，定于9月21日到京。内幕消息说，将在念青唐古拉山下的当雄县城采集天火作为亚运圣火，采火人已经内定，是一个叫达娃央宗的藏族姑娘。节日的北京如一条奔腾喧闹的河流，河道两旁花团锦簇……而在地下，那个魔鬼正一步步地向我们逼近，它只要抖抖身躯，打一个哈欠，就会带来惨绝人寰的灾难。我常常想跳到大街上去高喊：你们干吗还要搞这些花花哨哨的东西？快准备吧，"它"要来了！

地 火

爷爷不再计算,看来已不需要复核了。他总是坐在正间的竹圈椅中,神情肃然地盯着不可见的远方。奶奶肯定知道内情,但她仍保持着平日的节律,采买,做饭,偶尔同研究所的后辈们通通电话。不过,我能察觉到她内心的焦虑。在我们这个四口之家里,只有姐姐什么也不知道。随着亚运会的临近,她的情绪越来越高涨,每天回家,自行车没停稳,就开始通报今天的花边新闻。她根本不知道,在我听来,这些新闻是多么浅薄可笑。

有时,我甚至对爷爷的沉默心生怨恨。爷爷,作为一个预知天机的人,你为什么不到街上大声疾呼,唤醒满街的梦中人呢?如果是受法律所限不能张扬的话,你至少该考虑到家庭的自救,带我们悄悄迁移到别处躲躲嘛。不过,总的来说,我理解爷爷,关键是没人能保证自己的预报绝对正确,而一旦误报将造成巨大的损失。像1989年,美国气候学家布朗宁预报圣路易斯市12月上旬有大地震,引发了民众歇斯底里的恐惧,造成了6亿美元的损失。中国唐山地震后,一个回乡民工在火车站听到几句谣传,回烟台后散播,在烟台掀起一场恐慌……地震预报真是天下最难的事业,进也难、退也难,一字重如千钧呀!

不知道国家地震局的专家们此刻是什么心情?亚运会牵涉到国内外,当然不可能随便改期。但地震——这个在地下潜行的魔鬼,它可不会顾忌人世间的什么典礼或赛事,它可不管背上驮着的是首都还是乡村。它在狞笑着逼近。开幕式上万众欢腾,中外贵宾齐聚一堂，可是忽然天崩地裂……那时，地震局的人可是万死莫赎其罪了。

这个秘密锁在一个14岁中学生的心里并悄悄膨胀，我的胸膛快要憋炸了。我变得十分神经质，上课时听不懂老师的讲课，下课时总一人愣着，听不见同学唤我。特别是在夜里，我的耳朵变得十分灵敏，一点儿风声或落叶声都能使我从床上惊跳起来。容容姐是一个迟钝又敏感的家伙，她一直没猜出家庭中这个秘密，却看出了我的恐惧。她关心地一再追问："郁郁，你怎么啦？你这几天就像是干了什么亏心事似的。"我没法儿回答，我真可怜姐姐。

书房里挂着中国地震活动断裂图，我看过不下百遍，但这些天我简直不敢面对它。全国尤其是京津唐地区的断裂带纵横交错，就像母亲乳房上划出的刀痕，十分瘆人。我不禁生出一个想法：如果1949年这张图挂在第一代领导人在河北西柏坡的办公室里，他们大概不会选北京做首都吧。但即使首都不在北京又有什么用？中国几十个大城市都位于活动断裂带上，无处可迁。丧气的是，地震是无法驱走的，总有一天，它会来敲你的门。

记不清在哪本书上看到过一句话：灾难、疾患、死亡是人类不可豁免的痛苦。我曾一本正经地把它抄到笔记本上，其实当时并没什么感悟。到现在，我才对"不可豁免"这四个字有了最深切

| 地 火 ———●

的体会。

这天晚上,奶奶把姐姐和我叫到他们的卧室,假装无意地说:"小郁,你不是想当地震专家吗?今天忽然想考考你,你说,地震发生时如何自救?"

我看看奶奶,她当然不是毫无缘由地问到这个问题,但奶奶的表情中看不出什么异常。我看看爷爷,天真的爷爷已不大会隐藏感情了,他躲开我的目光,笑容中浮着愧意。我说:"奶奶,我知道,关键是及时自救。地震的纵波(P波)速度快,每秒7千米~8千米;横波(S波)慢,每秒4千米~5千米。纵波破坏力较小而横波破坏力较大,所以要利用纵横波的时间差迅速自救。"

奶奶说:"对,这段时间很短的,所以一旦发生地震,千万不要打算帮助我们,你们要先自救,然后才能想办法救别人。这两天咱们来一次演习,只要听见我或爷爷喊地震了,马上滚下床,躲在床边(不要钻到床下),依靠床的高度掩护自己。各人床下放有干粮和水瓶。你们要记住啊!"

姐姐再迟钝,这会儿也看出了苗头,她怀疑地问:"是不是有地震?爷爷,你是不是预测出地震了?"

我觉得爷爷更内疚了,忙推推姐姐:"不会的,这只是一次演习罢了,要有地震爷爷肯定会告诉咱们的,对吧?"

奶奶说:"对,这只是预防万一。由于你爷爷的身份,你们在外面千万要谨慎，说错一句话都会引起混乱的。千万小心啊！"

我回到自己房间，朝床下瞄了瞄，那儿果然放着一包饼干和一瓶水。这两样很平常的东西在我心中简直是魔鬼的化身，夜里我睡不安稳，总是梦见《一千零一夜》里的魔鬼吱吱叫着在瓶里挣扎，它马上就要把瓶子挣破了——后来我知道，那个声音倒是真实的，是耗子在咬塑料袋，我的饼干让它们美美地打了一顿牙祭。

亚运会开幕前两天，9月20日晚上，爷爷把我俩叫到一起，平静地说："容儿，郁儿，有句话我总算可以说出来了。今天国家地震局正式发布中等强度地震的震情预报，其实我在四个月前就预测到了。"

非常奇怪，听到爷爷迟来的宣布，我突然觉得一阵轻松。我想爷爷也有同样的心情。实际上，地震的危险并没有消失，它甚至更现实了。但是，能在家里公开谈论这件事，本身就是对我的解放。我忍不住大声喊道："爷爷，我早知道了！但你的预报可不是中等强度的——昌平地区，9月20日左右，7.5～8.0级浅源地震。"爷爷愕然地看着我，我咧嘴笑着，"爷爷，我向你道歉，我破解了你的密码，查到90.07号震情预报。不过你放心，我没对任何人透露过，连姐姐也没有。"

姐姐马上反应过来："那天夜里你是在刺探爷爷的情报？哼，

地 火

你竟然瞒着我,全家人都瞒着我!"

姐姐十分气恼,因为姐弟间一直是没有秘密的,而现在她第一次被排除在某个秘密的知情圈子之外,这严重挫伤了她的自尊心。她对我怒目而视,气哼哼地说:"好啊,你个小崽子,竟然敢……"

我大叫起来:"姐姐,你别得便宜卖乖了!我巴不得和你换换位置。这么多天担惊受怕,又不敢和任何人谈这桩秘密,我都快憋疯了!"

姐姐扑哧一笑,又赶紧绷起脸。爷爷看看奶奶,欣慰地说:"好啊,能守住这个秘密,咱们的文郁已经是男子汉了。"他又说,"这些天睡觉要灵醒些,好在咱家是平房,危险要小得多。关于地震时自救的办法,我们前天也温习过了,地震来时要镇静。"

我们严肃地点点头。姐姐担心地问:"亚运会会不会改期?正赶上开幕啊!"

爷爷苦涩地摇摇头:"不会,毕竟这只是预测。不过,国家地震局早就处于一级战备状态,一有征兆会及时发出临震预报。"

我笑着指责爷爷:"爷爷,你真狠心啊,这么长时间把我们蒙在鼓里。万一地震来了我们没防备,你后悔不后悔?"

这个玩笑肯定不合适,看来它正好戳到爷爷的痛处,奶奶急忙向我使眼色。爷爷愣了一会儿,难过地说:"我当然后悔,我会后悔一辈子的——可我不能透露啊!"

他的语调苍凉,透着深深的无奈。奶奶忙打岔说:"睡吧,睡觉吧。"然后赶紧把我俩赶走。临走时,我看看目光苍凉的爷爷,忽然蹦出个想法:做一个通晓未来的先知或上帝,真不是轻松的职业啊!

9月22日,亚运会开幕,彩旗如云,万众欢腾。这天,北京西北昌平一带发生4.5级地震,北京有震感,楼房晃了一下。

一个又一个电话打到我家:"文老,还有主震吗?多大震级?会不会是第二个唐山地震?文老,你是大家信服的预测大师,你说一句话我们就心中有底了……"爷爷疲惫地一次次回答:"不知道,我没有就此做过预测。很可惜,无可奉告……"不过,在他打给国家地震局的电话中透露出了他的真实想法:"老张,我的预测没有变,很可能只是一次前震,不要放松警惕。"

爷爷没有放松警惕,爷爷的神经之弦始终紧绷着。亚运会的日历一天天翻过去,我和姐姐毕竟还小,我们兴奋地计算着中国的金牌数,慢慢忘了地震这档事。但爷爷没忘,有时夜里起来小便,还能看到他静静地坐在竹圈椅中,就像雁群睡觉时那个永远清醒的雁哨。

他还在等待,等待那个按照计算"理应到来"的强震。他的神经之弦绷得那样紧,我总觉得若不小心碰着它,那根弦就会铮然断裂。奶奶没有劝他,只是关照他按时吃降压药,也常常拉他出

| 地 火

去散步。有一天，我忽然悟到这件事对爷爷的意义——他已经把这次预测的正误设定为对自己理论的最无情的检验了！如果预测错误，意味着他12年的辛苦白白浪费了。刹那间，我竟然盼着……啊，不，不能这样，连想想也是罪过呀！但愿爷爷错了，那个地震魔鬼不会来了。

亚运会结束了，魔鬼没有来。它至今也没有来到北京。

爷爷预测错了。在他后半生最大的一次战役中，爷爷悲壮地输了。

二

12年后的冬天，我在美国加州大学洛杉矶分校读完博士回国，在国家地震局找到了自己的位置。上班后，正赶上局里组织的一次大检查，对象是局属的各地震观测台站，包括GPS观测网、地磁、地电、重力、电磁观测站。现在国内观测网站已经接近国际水平，能从宽频带、大动态范围和数字化地震资料中，对地震破裂的时空进程成像，以指导地震的预报。这些年也有一些成功的范例，比如对1995年7月12日云南勐连地震、1997年3月5日日本伊豆地震都做出成功的长、中、短、临预报。但总的说来，地震预报尤其是短期预报和临震预报还远未过关。比如，云南丽江 1996 年 2 月 3 日地震，在已经做出正确的长、中、短预报的有利条件下，却未能做出正确的临震预报——恰恰这种临震预报对减轻伤亡是最重要的。

想想爷爷生前的研究条件，与现在真是天壤之别。不过，具有讽刺意味的是，这么好的条件，预报成功率却一直徘徊在 30% 以下，并不比爷爷高多少。

我被分在西北检查组，检查阿克苏、包楚、甘河子、高台等地震台。我们乘坐越野车，风尘仆仆地跑了 20 天，观看那些在密封山洞中静静倾听魔鬼脚步声的各种仪器。张爷爷也在这个组，他已经退休了，这次被返聘来参与检查。他脸上皱纹纵横，那是多年野外生活留下的痕迹。我们一见面，他就说："小郁，洋博士回来了，接上你爷爷的班啦，隔代遗传啊！"

我笑道："对，隔代遗传。我姐姐也接了奶奶的班，在医学科学院工作。她这会儿也在西北，在青海省。"

"不错，不错，你爷爷奶奶九泉下也安心了。晚上来找我，聊聊你爷爷。"

晚上，我们宿在祁连山下一个简陋的旅馆里，没有暖气。窗户对着戈壁旷野，黑色的乱石上堆着薄薄的积雪。我敲响张爷爷的房门，他趿着一双劣质塑料拖鞋开了门，又赶紧回到被窝里，说："你也上来，上来暖和。"我跳上床，坐到床的另一头，拉过被

地 火

子盖住腿脚。被子又凉又硬,简直像石板,但张爷爷已经习以为常了。他问:"在加州大学跟谁读的博士?"

"陈坎先生。"

"我认得他,退休前和他有联系。怎么样,国外现在的预报水平?主要是美国和日本。"

"不比咱们强。日本地震学家一再预测的东海大震至今没来,相反,没人关注的兵库县却来了个7.2级。美国地震局网页上曾登过一幅自嘲的漫画,一只惊恐的大猩猩大叫:为什么我能预报地震而科学家不能?"

"苦中作乐嘛,美国人比咱想得开。1976年唐山地震,我和你爷爷在现场大哭一场,怕影响年轻人,躲到远处去哭。从那时一直到退休,我的精神一直高度紧张,如果真有一场大震溜过警戒来到北京,那可是万死莫赎其罪啦!可是,大震迟早总要来的,而按目前的水平,即使工作再负责也不能排除漏报的可能。我的胃溃疡就与精神高度紧张有关,一退休马上好了。虽然还要关心,毕竟不是职责所系。"他问,"小郁,还记得1990年那次预报吗?"

"当然。"我讲述了那时我如何偷窥爷爷的资料,并为此遭受两个月的心理酷刑。

张爷爷笑了:"原来还有这么一段小故事啊!小文,你知道吗?那时国家地震局里信服可公度计算的人不多,但我对你爷爷的科学功力近乎迷信，再加上那时北京地区确实有不少地震前兆，所以，在你爷爷 6 月 22 日放过那个响炮后，我几乎要提议亚运会改期。现在想想都后怕，如果亚运会真的改期，必然牵动国内外，劳民伤财，最后只是楼房晃那么一下……如今我常为你爷爷遗憾，以他的睿智，晚年怎么会钻到'可公度计算'的死胡同里呢？那时，他的脑子又没有糊涂。"

听着对爷爷的批评，我心里很不是滋味，勉强为爷爷辩解道："我想是因为他对科学的信仰太炽烈了吧。他相信万物运行都有规律，这些规律常常是简谐而优美的，并终将为人类认识。有了这三条，他才敢去走'可公度计算'的捷径——却走进死胡同。"

"过犹不及。我不是批评你爷爷，这是我的自我反省。"他补充道，"我比所有人更了解文先生为此做出的牺牲，所以——真为他遗憾。"

"那么，"我缓缓地问，"站在今天的知识平台上，你认为地震预报尤其是临震预报最终能取得突破吗？"

张爷爷惊奇地说："当然能！否则我们研究地震干什么？"他半开玩笑地说，"你不会到国外转了一圈就变成不可知论吧？人类必将逐步掌握大自然的运行规律，这还用怀疑吗？地震规律当然不例外，这个世纪不行，下个世纪总可以吧？"

我温和地反驳："科学已确证了量子世界的不确定性规律。还有，即使在宏观世界里，三体以上的牛顿运动也无法预测。"

地　火

张爷爷摇摇头，坚决地说："地震一定能预报！总有一天能预报！"他怀疑地看看我，闷声不响了，颇有点儿话不投机半句多的味道。不过，我不想同他争论。正好手机响了，是姐姐从青海循化打来的，她去青海已经两个月了。中国自1994年9月发现最后一例本土脊髓灰质炎野病毒病例后，已经连续7年没发现，2000年10月被世界卫生组织评定为"已阻断脊髓灰质炎病毒传播途径"。但2001年1月17日青海省循化撒拉族自治县又发现一例，姐姐就是为它去的。

我向张爷爷告辞，走到外边接听电话。姐姐的声音嘶哑疲惫，几乎能想见她在野外时的枯槁模样。但她的语调是欣喜的，她说经调查确认，这是一例境外传来的病毒，是偶发性的。但他们并没有大意，已在疫区街子乡团结村对患儿周围环境和终末物进行了彻底消毒。对0～9岁的1万名儿童进行了应急局部接种，随后还要进行更大规模的免疫接种。"简直是一场战争啊！"姐姐惊叹。

我说："辛苦啦，我的老姐，看来当医学科学家也不比地震学家轻松。维持一个遍布全地球的无病毒真空，简直是西西弗斯的工作。"

姐姐说清明节快到了，她不一定能赶回家，如果我能赶回去的话，记着给爷爷奶奶扫墓。"把有关脊髓灰质炎的情况给奶奶说道说道，我想老人家九泉之下也操心着这件事呢！"她说道。

我叹了口气:"你是有东西可夸,我呢?我可没好消息告诉爷爷。喂,爸妈叫我关注你的婚事,让我批判你的独身主义,为科学献身并不意味着当修女。你想想嘛,要是奶奶当了修女,哪里还有你我二人?"

姐姐骂道:"小崽子,甭跟我油嘴滑舌。我的主意不会变的。"她挂了电话。

爷爷去世前已经调了房子,是某小区一幢相当宽敞的住宅,带欧式铁艺的凉台,台阶下的草丛中卧着小鹿塑像。买房时我在国外,不太清楚爷爷花了多少钱。听说石油部(已改为石油天然气总公司)给了他尽可能多的优惠。他们始终没忘记已退休多年的爷爷,令人感动。

爸妈不想离开大庆,现在这儿只住着我和抱独身主义的姐姐。在这套不错的住房里,家具倒是相当寒碜,低档的装修,只有客厅里置买了新家具。书房里堆满两位老人的专业书籍,东墙上有一块大黑板,挂着中国石油矿藏分布图、地震带分布图,图纸已经发黄发脆。桌上放着爷爷奶奶的合影,还有一台爷爷用过的586电脑。

清明节前一天,我在爷爷书桌上点了一束香,把一张光盘放进爷爷的电脑里。那是我读博士的研究成果,是由美国加州大学的巴克和陈坎先生搞出来的一个地震生成模式,我把它深化了。

地　火

这个相对简单的模式反映了地震的深层次机理。

是否把这些告诉爷爷,我曾犹豫过。因为我的结论对爷爷来说太残酷了。但我想他一定想知道的,瞒着他——才是对爷爷的藐视。

青烟在袅袅盘旋,爷爷在镜框中看着我,脸上仍挂着他晚年常有的天真而略带窘迫的笑容。爷爷,请你认真观看吧!

屏幕上显出两大岩石板块互相挤压的过程。岩石受挤时储存了弹性能,当弹性力大于静摩擦力时,某一小区域会突然滑动。岩层滑动着、挤压着,有些区域变成红色,象征着该区域已进入"突然滑动"前的临界态。单独的临界态区域逐渐扩大,不过并不是整片出现,它们在岩层中一绺一绺地延伸,与白色的非临界区域犬牙交错。当红色区域开始占优势时,就形成了整体临界态,这时,强震发生的条件便已孕育成熟了。

从非临界态发育到临界态——这个过程还是有规律的,爷爷那时在长、中期地震预报上某种程度上的成功,正是基于这个过程的可公度性。但整体临界态一旦出现,规律就消失了。此后,某块岩石的滑动可以带出完全不同的结果:它可能只滑动一下就停止,也可能沿着一个较长的"红色手指"传递,引发一片区域的滑动,甚至沿着一个更长的手指走到头,引发全区域的大坍塌,这就是有极大破坏力的强震。

问题是,最后的雪崩究竟是由哪个小滑动触发,这个过程却是完全随机的、没有规律的。要想对它做出准确预测,就需要随时掌握板块中每一部分的态势,实际上这不可能做到。

换句话说,地震的临震预报根本不可能成功。

从理论上说也不可能。

爷爷苦苦寻觅近20年,只是在寻找一个根本不存在的东西。

我在青烟后看到爷爷,他的嘴角沉重地下垂着。我知道这个结论无疑是在向他的祭坛撒尿。但科学是无情的,科学不照顾个人的愿望。爷爷,请原谅我告诉你这个残酷的结论,但我不会因此放弃努力。

爷爷听见了,默默转过身,踽踽而去。

三

以下摘自一篇小学生作文。

2156年4月2日,王老师带我们参观了唐山滦县附近的87号超深井的钻井。同学们都说这次参观特刺激、特

地　火

真实，比往常的激光全息教学课强多了。

参观前，王老师让我们查一查一个世纪前超深井的背景资料。我查到，那时世界上超深井记录是 12262 米，在苏联的科拉半岛。中国在江苏东海超高压变质带上打过一个超深井，深 5000 米，投资 1.5 亿。超深井钻进极为困难，费用极为高昂，因为井越深，钻杆越长，大部分能量都被浪费在起下钻杆和克服钻杆的扭转形变上。不过，自从激光钻头发明后，这些记录已经被大大改写了，现在 25000 米的深井轻飘飘地就能实现。

深 87 号井是在一口 3000 米深的旧裸井上加深。这儿给我的第一个印象是没有高大的钻塔——现场的刘司钻给我们解释，过去那些高大的钻塔其实只有一个用处：起钻时一次能起出尽可能长的刚性钻杆。单根钻杆一般长 9.5 米，一次起升三根，井架就要高达 40 米。现在，激光钻头是用柔性钨钢索系连，耐高温电缆也是柔性的，所以钻塔高度只要高于激光钻头的长度就行。

（资料记录：激光钻头直径为 78 毫米，长度 5.54 米，配套井架高 9.8 米。）

激光钻头其实就是一根大圆棒，银光闪闪，做工十分精致。现在开始下钻，钻头自带的摄像镜头把井下的图像送到控制台屏幕上。一个黑洞洞的岩石窟窿，直径比钻头大一倍,被摄像机灯光照亮的岩壁飞快地向上闪过去。钻头终于停下了,离井底有30米,"咔吧"一声,向四周伸出几十个爪子,把自己固定在井壁上。刘司钻对着麦克风说道:"各操作手注意,现在正式开钻。"他合上电源,一股极强的蓝色激光从钻头下方射出来,反射过来的余光立即把井壁笼罩,岩壁和钻头似乎都变成了蓝色的透明物体。激光照射到井底,岩石立即升华,变成高温高压的气浪,通过钻头和井壁之间的环形空间,凶猛地向上冲去。井口的强力抽气泵同时开动,高压气流带着惊天动地的啸声冲了出来。在井内时,气流是透明的,但喷出后变成白色,延伸了100多米。刘司钻紧急地调整了消音系统,啸声降低了,但是仍让人头皮发麻。

这以后,钻井队就没什么事干了,所有操作转为自动控制。升华的岩石被连续排出,激光束的长度自动延伸。钻进几百米后,刘司钻关闭激光束,把钻头下沉,固定,开始新一轮钻进,这是为了尽量减少激光束在气浪中的衰减。刘司钻自豪地说:"这种方法钻进极快,一天能钻1500米,不过,它可是吃电能的大老虎,半个城市的电能才够它的饭量呢!"

(资料记录:深87号井位于昌黎与蓟县之间第7号东西向断裂带,断裂带的力学性质为压扭,设计井深

| 地 火 ⎯⎯。

25000 米。)

我们还参观了唐(唐山)津(天津)滦(滦县)区域 2156-7 号消震行动。这回不是现场参观。陈指挥说:"没法儿看现场的,它分布在 200 多平方公里的区域,又是在 12000 米~25000 米的地下起爆,地面上只有轻微的震动。"

我们回到北京,在国家地震控制局(即原来的国家地震局)的控制室里观看了实际操作。这回是全息图像,两束激光互相干涉,打出这个区域的逼真的三维图。图中的不同颜色表示不同的岩石板块,发暗的条纹表示活动断裂带(或重力梯度带等)。暗条纹上下纵横交错,结成十分复杂的立体网络。我同桌付英低声惊呼:"我的妈呀,原来咱们的大地母亲有这么多的暗伤!想想咱们的高楼就建在这样的破基层上,真是可怕。"

陈指挥把岩层图转为应力图。一绺绺叶脉状的红色在岩层上蜿蜒,覆盖了相当一部分区域。陈指挥说:"红色表示岩层已进入发生滑动前的临界态,从红色的强度可以计算出,这片区域已孕育出 5.0~5.5 级地震的条件。"

上百条笔直的红线从地面向下延伸,各自终止在活动断裂带的某一点,有深有浅,最深的28000米。这就是我们才参观过的那类诱爆井。"28000米深的诱震爆破可消去30000米处的应力,而地震震源大部分在30000米以内。"陈指挥说。

一个个小亮点开始沿竖井下降,它们表示高能炸药(成分为N5,即氮的同分异构体)。15分钟后,所有亮点都停了下来,炸药全部就位。屏幕上打出起爆前的自检结果:起爆井位、井深、起爆量、起爆顺序。检查通过。陈指挥非常庄重地摁下按钮。所有亮点几乎同时闪亮,在周围激出一圈圈涟漪。这是由炸药引起的震波,很微弱,它只起扣扳机的作用,用以引爆岩层中本来就储存的能量。忽然,某处震波被急剧放大,极强的涟漪向四周扩散,就像是推倒了多米诺骨牌,在各处引发强烈的震波。岩层抖动着、滑动着,图像上的红色随即被抹去。

但究竟哪个激爆点能够消除整个区域的临界状态,却完全不可预料。这其实与"临震预报从理论上不可实现"是一致的。

屏幕上打出地震参数:这是一场5.2级人工诱发地震,震源深度21000米,去应力效果良好。指挥部的人们都屏息静气,像是在等待什么。几秒之后,大楼有了轻微的晃动。"S波!"年轻人欢呼着。过了几秒又是一阵晃

地　火

动,比上次稍强些。"P波!"大家喊着,互击手掌,表示祝贺。

照例得有领导讲话,陈指挥说:

"今天是文郁先生逝世100周年纪念日,国家地震局和学校共同组织了这次参观,作为对先生的纪念。文郁先生是伟大的地震学家,150年前他提出'低烈度纵火'的思想——以低烈度的人工诱发地震来取代破坏性强震,使地震科学开始了一场革命。现在,我国已控制了京津唐地区的地震灾害,下一步将把工作重点移向台湾南部。"

讲到这儿,他忽然收起一本正经的表情,笑嘻嘻地说:"我知道文先生的曾孙今天在场,是哪一位?请站出来!"

我没有吭声,早有准备的王老师把我推出队列:"这位就是,文小虎!"

陈指挥走下讲台,俯下身同我热烈拥抱。"小虎,你应该骄傲,有这么一位伟大的曾爷爷。还不光是你曾爷爷呢,文家是源远流长的科学世家,从曾曾祖一代的文少博夫妇算起,还有曾祖一代的文郁、文容姐弟,祖父一代的文天奇夫妇,父代的文吉光、文吉霞兄妹。你曾姑奶文容也是大师级的科学家,她带领同行消灭了狂犬病毒、水痘病毒、乙脑病毒、破伤风杆菌、炭疽杆菌、黑热病原虫等36种病原体，让数千万人摆脱了病魔。小虎，真为你骄傲！"

同学们都羡慕地看着我，女孩子们的眼神可以说是崇拜了。不过，我不打算买陈指挥的账，不高兴地说："我也希望你为我骄傲。不过，不是今天，也不是因为我的爸爸、爷爷、曾爷爷、祖爷爷，而是几十年后，当我也成为大科学家的时候。"

陈指挥一愣，旋即朗声大笑："好，有志气！预祝你早日成功。我这个位置为你留着哪！"

我摇摇头，说："我不干这一行，这门学科里的坏蛋已杀得差不多啦，我想搞曾姑奶、奶奶和姑姑她们搞的病毒学。"

"你已经决定了？"姑姑问我，"接我的班，不接你爸的班？"

"嗯！"

姑姑看看爸爸，掩不住嘴边的笑意。

爸爸平和地说："我们当然尊重你的选择，不过，你得告诉我为什么。"

我摇摇头，说："我不想说，姑姑要生气的。"

| 地　火 ──·

"什么话！你接我的班我还能生气？不生气，说吧！"

我有意再退后一步："只是一个小学生的胡思乱想，你们会笑话的。"

"小孩子有时能提出最有价值的思想。"爸爸说，然后笑道，"行啦，别卖关子了，说吧！"

于是，我侃侃而谈："今天参观后，我有了一个很深的感触。文郁曾爷爷的成功就在于他用'低烈度纵火'化解了岩层中的临界态——但为什么医学科学家们却在干背道而驰的事情？姑姑，你们一直用斩尽杀绝的办法建立无病毒的真空，弱化人的免疫力，这是危险的临界态甚至超临界态呀。姑姑，这个超临界态能永远保持稳定吗？"

姑姑非常震惊，沉思半天才喃喃地说："我的小虎侄儿真够狂的，一句话否定了几代医学科学家的努力。"她又陷入沉思，眼神迷惘、心事重重地说，"我当然不会马上接受你的观点，不过，我会认真思考它。"

那么，我的志愿就这么定下来吧，我要接姑姑的班，做一个医学科学家——但我将干完全相反的事。她们几代人辛辛苦苦建立起无病毒的真空，我要用"低烈度纵火"的办法破坏它。

我想，总有一天姑姑会承认我是对的。

后记：本文中的观点——地震短临预报不可能实现，是一些西方科学家的观点，在这儿作为一家之言介绍给读者。至于它的正误，科幻作者不为小说中观点的正误打包票。

移魂有术 /江波

灵魂寄生者

地 火──.

如果一个人相信他有前世,而且有很多个前世,他的生命一次次轮回,不断结束,却从未终结,他相信如此,而且以一种肯定的口吻告诉你,你一定会认为他疯了,这和现代科学观念水火不容。因为宇宙里没有足够的空间,可以容纳从古到今无数个灵魂,以及因为人口膨胀而即将产生的更多的灵魂。

然而眼前这一个,却让我不得不信,因为他关于前世的回忆让我拿到了 500 万元。一个人可以疯疯癫癫,然而如果疯到了和钱过不去,那么就是真的疯了。他把信息告诉我,而我真的拿到了钱。这个事实意义重大,可以颠覆我的世界观。

我一直是一个非神秘论者,一个人有前世,这充满了神秘色彩,让我不敢相信。然而,实实在在的 500 万元放在面前,还有什么怀疑值得让人坚持?哪怕让我相信我的前世是他的一条狗,因为对主人俯首帖耳、恭敬有加而得到这笔飞来横财,这也值了!

我克制住自己的兴奋，平静地把拿到500万元的消息告诉他，他异常激动，"这是真的，这是真的！"他反反复复，只说这一句话。我悄悄退出，把他一个人留在房间里。

走出房门，我情不自禁拿出那张小小的卡片，它或者代表500万新欧元，或者代表我可以拥有阿尔卑斯山脚下某个著名度假地的一套别墅，永久产业，而且不用缴纳物业税。我情不自禁地在上面吻了吻。作为一名著名医生，这显然有失风度，然而医生也喜欢钱，更何况是天上掉下来的500万元。天知地知，他知我知，想到这里，我的心突然一沉，一切手续合法，但谁知道有没有第三个人知道这笔钱，虽然是赠予，但是如果被人捅出去，也会引起无数人的羡慕嫉妒恨，绝不会有什么好结果。

"梁医生！"屋子里的人突然大叫起来，我慌忙把价值500万元的卡片塞进兜里，推开房门，以专业的步伐走了进去。

"什么时候能给我做催眠？"他说，语气急促、迫不及待。

我清了清嗓子，让语调显得平静而专业，"催眠有一定危险性，你昨天刚做了深度催眠，如果再做，可能会对大脑造成损伤，造成不可逆的后果。我们最好等两天。"

"不行，"床上的病人大叫，"我要马上就开始。你拿了钱就要办事。"

我一时语塞。我很想把病历本狠狠地摔在他的脸上，扬长而

| 地　火 ——

去。然而这样只能是一时痛快,没法堵住他的嘴。再说,一个阴险的念头不可控制地生长出来,只有他死了,这500万元我才能踏实地拿着。

"好!"我把心一横。

一个人既然想死,那么就成全他。我拿出一副公事公办的面孔,"我必须再次提醒您,频繁进行深度催眠会导致神经衰竭,进而导致脑死亡,甚至有生命危险。催眠所使用的片剂,属于神经麻醉剂的一种,可能导致心律失常,甚至呼吸衰竭。"

"我知道!"年轻人暴怒,"你只管做就是了。"

我走出病房,拿着一份告知书,还有一份催眠协议。我决意要让他去死,但一切看起来都要符合规范,而且无懈可击。这对于一个决心昧着良心做事的医生,虽然有些麻烦,却并不是太难。

病人痛快地在上面签了字。我拿过来一看,倒吸了一口凉气。

"王十二!"这是他签下的名字。这是他认为自己应该是的那个人,而不是他自己。我感到被一个疯子戏耍了一道。

"李先生,你必须签自己的名字。"我严肃地告诉他,然后给了他一份新的协议书。

"什么?"病人有些困惑,"我签的当然是我的名字。"

这种情况屡见不鲜,我早有准备,"这是你的身份证。"我把身份证递了过去。进入这所医院,必须抵押身份证,当然身份证也可能是假的,必须和国家个人信息管理中心核对无误才行。很多病人到最后都不知道自己是谁，也没有家属来认领。必须确认一个人的身份属实，这是精神病院全体员工数十年的经验总结，或者说血泪教训。

"李川书。"他把身份证上的名字念了出来，然后愕然地看着我，"这是我的名字？"我不动声色地点头。他的病情加重了，昨天，当他宣称自己是王十二时，至少还记得李川书这个名字。人格分裂的精神病患者就是这样，最初的时候，他们感觉自己曾经是某个人，然后，他们偶尔觉得自己就是某个人，但还对真正的身份有着清醒的认识，再后来，他们已经不知道到底自己是谁，不同的人格在他们身体中打架，让他们的行为变得古怪，失去逻辑。最严重的症状是不同的人格彻底地分隔开，他们时而是这个人，时而是那个人，彼此间毫无关联，下一秒不记得上一秒的事。如果病情还有发展——病情不会还有发展，到了这个地步，死神已经在敲门了。李川书的病情发展很快，他的臆想人格占据了上风。

"李先生，你先休息一下，晚饭后我再来看你。"我看他不再歇斯底里，趁机把协议书和身份证拿了回来，把床头的药片放回药袋。不管用什么办法，杀死一个人总是需要很大的勇气，我得承认，我是一个懦夫，方才的杀机不过出现了短短的几分钟，就消失得干干净净。我慌忙掩上门，趁着病人仍旧平静，逃也似的

地 火

走了。

医院在山上,远离市区。下晚班的时候,山道上通常没有车,因为习惯,也因为500万元,我把车开得飞快。突然间,迎面射来强烈的灯光。该死,开车也不关远光灯!然而我来不及抱怨,猛踩刹车,强烈的惯性让我重重地撞在风挡玻璃上,车歪出山道,撞上了路边的礅子。对面的车缓缓开过来,有人走下车来。

"你怎么开车的!"虽然我一直认为自己很有涵养,还是忍不住破口大骂。来人却一声不吭,只是走到我的车边,掏出一个手电筒,照着我。

"你干什么!"我感到愤怒,同时有些惶恐,来人高大威猛,黑黑的身影颇有些压迫感。我的声音不自觉地小下去,却仍旧保持着愤怒的语调,"开车要当心点,别拿远光灯晃人。把你的手电筒拿开。"

他收起手电筒,我依稀看到一张标准的黑社会冷酷脸,不带一丝表情,没有一丝歉意,只是直直地盯着我,就像狮子盯着猎物。我突然感到害怕,只想逃走,"快点走开,我要开车了。"我壮着胆子呵斥他,然而声音虚弱无力。

他扬起手,我闭上眼睛,然后听见玻璃破碎的声音。车门被拉开,还没有搞清楚怎么回事,我就被拖拽出来。我不认识他,不知道他到底要干什么,只是本能地感到绝望,伸手紧紧地抓住车门，大声叫喊救命。猛然间，后脑一疼，眼前一黑。我昏了过去。

我醒来时，脑袋仍旧昏昏沉沉。阳光刺痛了眼睛，我伸手遮挡。

"梁医生。"有人喊我，逆着阳光，依稀间我看见的是一个黑色的身影。我回想起夜晚所遭受的袭击，猛然一惊，站了起来，"你是谁，我在哪里？"来人缓缓向近前走来，在我面前不到一米处站住。他衣着光鲜，西服笔挺而得体，左手上两个硕大的红宝石戒指异常引人注目。

"我们在一个很安全的地方，放心，不会有事。"他缓缓说道，样子很沉稳，风度翩翩。这样的神态和语言让我安静下来，至少他不会抽出棍子来打人。"我被打晕了。"我回想起那个模糊的黑影，心有余悸，"有人袭击我。"

"办事的误会了我的意思，他应该把你请来。我已经狠狠地骂了他，希望梁医生不要介意。我会赔偿你的医药费和车子。"

他说得分外客气，我却心中一凛——眼前的人有钱有势，没准还是黑社会的大佬，我还能介意什么，若能全身而退就是万幸。

"我，"我嗫嚅着不知道如何应答，最后说，"找我有什么事吗？"我连他的姓名也不敢问。

地 火

"很好,既然梁医生这么客气,我就开门见山。你有一个特殊的病人,"他说,"他叫李川书。"一句话仿佛惊雷,我的心突突直跳。这一定是那个500万惹出来的事,500万元钱从某个账户里取出来,这一定惊动了某些人。

"不错!"我尽力掩饰心虚,"他有什么特殊?"我刚问出口,马上意识到自己失言,"哦,我不想知道太多。您想做什么?只要能帮忙我就帮,只要不违法就行。"

对方露出一个微笑,"梁医生太客气了。我只是想请梁医生帮一个小忙,绝对不违法。"他向前凑近一点,"我要一个详细的记录,包括这个病人的一言一行,他说的每一个字都要记录下来。当然,我会为此付出一点酬金,不多,一点小意思,但是梁先生你必须承诺记录完整,而且对这件事绝对保密。"

他既没有提到那500万元,也没有要求我去杀人越货,我慌忙点头,"好,好。我一定帮忙,怎么联系你呢?"

他从口袋里掏出一部手机,递给我,"你必须每天用笔记录,你们医院的那种记录册正合适,不要为了省事用电子簿。这里边有一个电话号码,每天下班前打这个电话,会有人告诉你在哪里交接记录。"

我接过手机。这是一部三屏虚拟投影手机,我只在网上见过,售价2.4万元,是我两个月的工资。我从来没有敢奢想这样一部手机会握在我的手里,而他所要求的只是每天打一次电话。

我小心翼翼地把手机放进兜里，"放心，我一定会把这件事办好。"

他点点头，突然说："我知道你拿了500万元。"我的心头"咯噔"一沉，害怕地看着他。

"这500万元是你的。"他微笑着，"我可以告诉你，这500万元是从我的账户上拿走的，但是，它是你的了。"

我感到额头上沁出一层冷汗。

"事情结束之后，你还可以拿到另外500万元。"他看了看我，脸上充满笑意，"1000万欧元的酬劳，这应该能让你感到满意。"

我心头发怵，说出来的话不自觉也带着颤音，"这钱不是我去拿的，是李川书让我去拿的。我没动这钱。"

"别怕，这就是你的钱。你该得的酬劳。这当然不是小钱，这笔钱可以让人体面地过一辈子，所以，你必须把事做好。我相信梁医生你一定有这个能力。"

我麻木地点头。他微笑着向我伸手，"我们的合作一定很愉快。"

连续一个星期，我生活在担忧和恐惧之中。让我监视李川书的人叫王天佑，那天谈话之后他让人送我出来，正是那个绑架我的大汉，一路上我连大气也不敢出。但是我的眼睛并没有闲着，沿途豪华庄园的派头展露无遗，我做梦都没有想到能在这样的一个庄园里出入，它像极了中世纪欧洲的田园，有模有样、有滋有

地 火

味，甚至还有一两个穿着某种欧洲传统服饰的人在小溪里泛舟，清理漂在水面上的落叶。虽然我的见识浅薄，但大致也能猜到此间的主人是试图把一种欧洲的氛围复制过来，尽量保持原汁原味。这样的手笔和气魄让我感觉自己仿佛只是一只小小的啮齿类动物，在荒原上迷失了方向，没有藏身之地，甚至忘记了奔跑，而庄园主人巨大的阴影覆盖了我——他是飞翔在天上的猎鹰。

1000万！我从来没想过能拥有如此巨大的一笔财富。有了钱，我可以周游世界，然后去做自己喜欢的事。我还不知道那是什么，但是那无论如何也不会是端坐在一群精神病中间，听他们讲述不知道属于哪个世界的故事，或者干脆没有故事，只有狼嚎一般粗犷的原始野性。

1000万！这个巨额数字平衡了我的担忧和恐惧。我悉心照顾李川书，比曾经照顾过的任何一个病人都要细致。我从来不打他，也严禁护士对他进行打骂。我和他聊天，记录他说的每一个字，然后按照电话中的要求，把包装着记录的纸袋每天丢进各种不同的信箱。

李川书不是那种喜怒无常的精神病，他只是人格分裂。大部分时候，他是李川书，但也有时叫王十二。每当他自称王十二时，他就变得脾气暴躁，动辄发火。也只有当他变成王十二的时候，他才会记得给过我500万元，要求我给他办事。因此，我深刻地希望他一直是李川书。

不管是李川书还是王十二，他都是一个理智清醒的人，因此并不难于交谈。他显然对于自己为什么待在一所精神病院感到困惑，为此多次询问我，甚至威胁要踩死我。我只是一个小小的医生，根本不知道每一个病人背后的故事，然而被一个病人问倒是一件很丢脸的事，我只有很严肃地告诉他，医院有责任保密，他既然进了医院，总有原因，不准多问。

然而我却产生了一点好奇，到底这个李川书为什么被送到这里？

我找到院长。如果有人要送500万元给这所精神病院，那么合适的对象应该是院长而不是我，我看到院长，竟然有一丝偷了别人东西的愧疚。但愧疚归愧疚，钱的事我根本不会提，煮熟的鸭子还有可能飞了，我的1000万元还没煮熟呢！

"宋院长，最近一一七号经常性的臆想，他已经分不清现实，很暴躁，把他转到重症监护室吧。"

我这样和院长开场。对一个精神病人来说，送到重症监护室基本上等于死刑，我在医院的八年里，看见许多人被架进去，出来的时候都面目全非，不是成了彻底的白痴就是人事不省，成了植物人。他们要进行强迫性治疗，用大电流烧灼神经，甚至进行部分大脑切除，这是对付重症精神病人最后的手段。理所当然，院长拒绝了这样的要求，"这怎么能够上重症的条件，不行！"

| 地 火 ——.

"他自称王十二,还说自己很有钱。他家里真有钱吗?如果有钱,我们给他安排一个贵宾房,特殊照看。"

院长白了我一眼,"疯子说的话你也信!有一个单人房已经很好了。快回岗位上去,别老旷工!"

看起来院长并不知道关于 500 万元的事,他也并不关心这个病人。

"马上。我把他的卷宗拿回去研究一下,这个案例很值得研究。"我露出一副醉心专业的样子。

"好了,你去和老李说一声,暂时调用一下卷宗,就说我同意的。"院长有些不耐烦,只想快些打发我走。

我很知趣地退出了院长办公室,到了病人档案处查阅卷宗。

他的卷宗简单得有些简陋。

> 李川书。男,2055 年 7 月 8 日生。家族无病史。根据病人家属的描述,该病人两年前离家,不知去向。2082 年 6 月回家,逐渐有癔症症状,由偶尔发作发展为经常性发作。初步诊断为深度人格分裂。各种病理性检查均正常,体内未见激素异常,精神疾病诱因不详。发病未有攻击性行为,社会危害度低。建议住院疗养保守治疗,适当控制病人行为。

这样的一个病历说明不了什么,关键是他还失踪两年,也许就是这两年,他成了另一个人?

我正打算合上卷宗,突然被备注栏里的一行小字吸引:病人家属要求对病人进行单人看护,并预支三年的看护费15万元,接受器官捐献的声明已经签字。

我暗暗吸了一口凉气。这行简单的字里大有玄机,一个精神病人,只要身体健康,就是合格的器官捐献者。在精神病院这样的地方,因为各种原因死掉一个人是很常见的事,如果家属签订了一份这样的声明,病人就随时处于危险之中。一旦达官贵人们有需要,一个精神病人的小命又有谁在乎?

我翻到页首,把病人家属的姓名地址记了下来。

当我找到李川书的家,不由得大吃一惊。这是一间残破的瓦房,应该是二十世纪七十年代的建筑,残破不堪,随时可能倒塌。这危房里只住着一个人,是个乞丐,浑身散发着酸臭味。我捂着鼻子问了他几句话,一问三不知。我丢下10块钱,然后逃出了屋子,再转身看着这残破的房子,疑心自己来错了地方。

转过身,我心中一凉——那个曾经打昏我的大汉就站在不远处,直勾勾地看着我。他缓缓走过来。我两腿发软,想跑都没有力气。

"老板有请。"他很简单地说。

我跟着他的车,一路上无数次想夺路而逃,却始终没有勇气。

地 火

大汉的车是一辆彪悍的军用车,气势吓人,我的破车没有可能跑掉。

王天佑仍旧在那个豪华的会客厅里接待我。

"你去了李川书的家?"他半躺在沙发上,懒洋洋地看着我。我从小就知道,如果你真把此类的问话当作一个问题,那么就犯了幼稚病。这是要我承认错误。

我恭敬地站在他面前,低头垂眼,仿佛一个做错了事的仆人,"是。"

"好奇会害死猫。你知道吗?"

"知道。"

"猫有九条命,你有几条?"

"一条。"

他问得轻描淡写,我答得小心谨慎。他抬眼看着我,"为什么要去那里?"

"我看到他的家属签订了器官捐献协议,一时好奇,就想去看看。这种协议一般家属都不愿意签。"我老老实实地回答,不敢有半句虚言。

他从沙发上起身,抓住我的手,"梁医生,我知道你是一个好人。你也要相信我是一个好人,没有恶意。李川书原本是一个流浪汉,他答应了我做器官捐献,但是后来又后悔了,神志也有些异常。这件事我不想太多人知道,所以把他送到了精神病院,他的器官捐献是定向的，你可以去查记录。但是事情出了点差错，他趁着我不注意偷看了许多机密资料，被抓住之后，居然装疯，谎称自己叫王十二。"

王天佑认真地看着我，"他从我的户头里偷钱，他还偷偷窃取机密。我不知道他还知道多少，所以私下请你来监视他。我不想有更多的人掺和在里边。这件事你知、我知，不能让第三个人知道，否则我也不会出 1000 万元来请你。"

他的手很潮，黏糊糊的，让人感觉不舒服，但我也不敢把手抽出来，只是一个劲儿地点头，"我明白，我明白。"

他放开我的手，缓步走到窗前，"帮我好好照看李川书，如果他自称王十二，你就和他多谈谈。那些都是我的隐私，你要保密。"

"一定的，一定的。"我的话音刚落，落地钟突然响起，"当当当当"，连续四声，每一下都让我心惊肉跳。

钟声刚过，一个女人的声音在背后响起，"王总，您的药。"声音婉转动听，我很想转身去看，然而心里害怕，终究没有这个胆量。

王天佑似乎有些意外，看了看钟表，"不是还有半个小时吗，怎么这么早？"

女人走进来，经过我身边，"您今天早上提前吃了药。"一股清香闯入鼻孔，我偷偷抬眼。进来的女子身材婀娜，穿着一袭紧身

| 地 火 |

旗袍，露出白生生的胳膊和大腿，她正伺候着王天佑吃药。也许有所感应，她扭头瞥了我一眼，正迎着我猥琐而胆怯的目光。我慌忙垂下眼帘，心脏突然间狂跳不止。

这个女人的出现成功安抚了我的思绪，让我暂时忘掉了险恶，浮想联翩。美女啊！等我有钱了，也要找一个，不，找好几个！

当她走了出去，我才回过神来，意识到自己正处在危险之中，马上凝神屏息，静静地等着王老板的训示。

他的脸上竟然现出了一丝犹豫。

"这样好了，"他说，"我让阿彪送你回医院。你留在医院里，全天候监护。我不想惊动你们的院长或者任何其他人，你要明白，我不想让任何人知道我和一个精神病人有关。你所知道的一切必须烂在肚子里，明白吗？"

"明白，明白。"我慌忙地说。

"另外，记住，好奇害死猫。按照我们的约定去做就好了，你知道得越少越好。"

他的话越是平淡，我的心越是忐忑。恐惧感压倒了我对金钱的渴望，这样的一种预感变得清晰起来：不但拿不到钱，还可能把小命搭进去。阿彪押送我回医院的途中，我满脑子都在想如何才能逃离陷阱，当然，我也想了如何保住500万元。当然，我什么法子都没有想出来。

人生真是白活了,除了和精神病打交道,我啥本事都没有。

那就听话一点,少点好奇。

问题是,听话了就能活着吗?

真的能拿到1000万吗?

我继续一丝不苟地照顾李川书。我知道王老板监视着我,因此不敢再有任何好奇,他也不再要求我打电话,而是由阿彪来取走每天的记录。过了两天,精神病院的人都把阿彪当作了病人家属,问我,"这个家属怎么这么奇怪,每天都要记录?"或者说,"这个家属看样子不像好人啊,你要小心点,千万别被讹上了。"

我被这样的问题折磨得不厌其烦,又无法说明白,只觉得无比烦闷。在烦闷中,我再次走向病房,去照看这个给我的世界带来巨大变化的李川书。

他在床边坐着,似乎正在沉思,又有点像是发呆。看他这个样子,我明白此刻他是李川书。

如此事情就简单了。

"李川书!"我大声喊。

出乎意料,他只是抬头看着我,目光呆滞。我不由得愣住,往常这样喊他,他会猛然抬头,仿佛从臆想中回过神来,然后用比我更大的嗓门喊一声"到"。

"李川书!"我再次大声喊。

地 火

他仍旧没有应声。

李川书就要死了！凭着丰富的诊断经验，我意识到眼前的病患正进入一个转折点。一个人格彻底战胜了另一个，他的李川书人格不再活跃，也许永远不会再出现。

我略带怜悯地看着他。虽然看惯了医院里的生生死死，我的心也并没有完全僵硬，看到一个人死去，总会替他感到悲伤，虽然他的躯壳还在，还活着。

我准备退出房去，过一会儿再来和王十二说话。李川书却突然从床上跳起，一把抓住我，"我不要，我不要，我不要钱，求你放过我，把它抽出来，把它抽出来，求你了！"他的胳膊很有力，紧紧地拽着我。我用力挣扎，他却紧抱着不放，情急之下，我提起膝盖在他的小腹上用力一顶。精神病患者对身体的痛楚感觉迟钝，他丝毫没有放松，我再次猛击他的小腹，他猛然张口，喷出一口秽物。刺鼻的臭味让我一阵恶心，差点呕吐，我正打算呼救，他却软软地躺了下去，然而手指犹在抓着我的袖口。

我狼狈地站在屋里，脚下是瘫倒的病人，胸口一片污秽，我把袖口从他的手指间拽出来。

一不小心，他尖利的指甲在我的手背上轻轻一划，居然留下一道血痕。我厌恶地用脚把他的身体踢到一边，然后找来护士收拾场面，拿了件干净的工作服，去卫生间更换。为了清静，我特意走到四楼，这里的卫生间少有人来。

换好衣服，我正洗手，突然感觉有些异样。猛然抬头，镜子里，我的身后站着一个人，正直直地看着我。我大吃一惊，猛然转身，看清了来人的面目：她身着男装，却分明就是在王天佑的豪宅所见的女人。我吃了一惊，正想喝问，她做出一个嘘声的手势。我也就停了下来，怔怔地看着她。

她快速走上来，在我身上摸索，动作比安检处的警官还要利索。很快，她从我的口袋里掏出了那个昂贵的手机，非常快速地把它装进一个闪着银光的口袋里。

"好了，我们可以谈谈。"她开口说话。

"就在这里？"我有点担心地望了望门。

"今晚10点，你假装睡觉，把这手机放在床头，假装不小心用枕头盖住它。然后出来见我，东阁轩林东包厢。"

"你要做什么？"

"救你的命。"她冷冷地说，"如果你想活命，就来。这个手机是个监控器。它不但能窃听，也能摄影。小心了！"她拿起银色的袋子，把手机倒入我的口袋中，然后再次做出一个嘘声的动作，悄无声息地向着门边退去。

等我回过神来追过去，她已经下了楼梯。我没有继续追，只是从口袋里掏出手机端详。工艺精湛的三屏手机闪闪发亮，可以照出我的模样。

突然间我心头涌上一阵寒意。真如她所说我已经快没命了？

| 地 火

仔细想想前因后果,这样的可能性很大,我一个无权无势的医生,除了精神病人和精神病院,谁也不认识,如果真的有什么秘密,王天佑肯定轻易地就能把我捏死。有什么比一个死人更能够保守秘密?我一直不愿意去想,巨额财富成功地蒙蔽了我的心智,而这个女人毫不留情地戳破了这层纸。

无论如何,晚上要赴约。

我隐隐回忆起她穿着旗袍的模样,退一步说,一个美女晚上有约,这件事本身对我而言就充满了诱惑。

下楼,经过李川书的病房,我从小小的格子窗望进去。病人正躺在床上,上了夹板。夹板是对手足固定装置的俗称,再大力气的人,只要上了夹板,就丝毫不能动弹。病人似乎正在熟睡,嘴角边口水不断流下。

我对他突然有了一种全新的感觉,不是我面对病人时的高高在上,也不是对精神错乱者惯有的鄙夷,更不是对一堆行尸走肉的厌恶,我突然感到自己的命运和他紧紧地绑在一起,而我实际的处境并不比他更好。在那么一瞬间,我竟然和这个被捆绑在床上兀自流着口水的精神病患者有了一种休戚与共的感觉,这是如此让我惊讶。

我快步走向医生休息室,吞下两片安定,躺在床上,迫切地希望来一场深沉的午休。

东阁轩是一个很高档的酒店，我慕名已久，却从来没有机会进去。我在酒店外停留，担心酒店那光可鉴人的地面会显得我的衣衫过于寒碜，酒店服务生会在心底暗暗嘲笑。

十点过了一刻，实在无法再拖延下去。我整了整衣服，鼓足勇气，向着那富丽堂皇的所在走去。

电梯直接进入包厢，当服务员礼貌地微笑着告诉我已经到了，我有些慌张地走了出去。

这是一个很奢侈的包厢，金碧辉煌，让我感到浑身不自在。有人正等着我，不是一个，是两个。一个是已经认识的女人，另一个则是陌生的男人，还好，他看上去很斯文。

他们并没有说话，只是默默地看着我。女人起身，走到我身边，脚步悄然无声，就像轻巧的猫。她很快把我上上下下搜了一遍，没有发现异样才开口说话，"你把手机处理好了？"

"照你说的，假装不小心盖在枕头底下。"她示意我在桌边坐下。

偌大的桌子上摆满美味佳肴，然而谁都没有动筷子。气氛冰冷，和热气腾腾的饭桌形成鲜明对比。一男一女都盯着我，我却不知道该盯着谁，于是只好不断地转移视线，看看她，然后看看他。我用一种精神病医生才具备的坚忍毅力坚持了下来，面不改色、泰然自若。虽然这一次会谈可能会决定我的命运，他们又何尝不是？否则就不用冒着巨大的风险来找我。我在等着他们亮出

地 火

底牌。

终于美女再次开口说话:"梁医生,这位是万礼运博士。你们是同行。"

"失敬,失敬!"我向万博士说,他微微点头还礼,却仍旧没有说一句话。

"我是王天佑的办公室助理,因此了解这件事的前因后果。"美女继续说,"他通过你监视李川书,这件事也是经过深思熟虑的。你是这家精神病院最蹩脚的医生,分派给你的病人不会引起任何人注意,而且你很贪财。只要贪财的人,王天佑就能对付。"

我一时不知道说什么。我是一个贪婪的平庸之辈,这就是王天佑决定利用我的原因?也许他们能找到一个好些的理由,至少当着我的面,可以说一说我为人随和之类的。

我清了清嗓子,"你这么说是什么意思?"我企图质问她,然而语气软弱无力,听上去就心虚。

"你孤身一人,没有亲属,甚至连女朋友都没有一个。生活简单,除了在精神病院上班,几乎足不出户,网络游戏是打发时间的唯一方式。他会想办法把你干掉。"美女毫不留情地继续说,"你这样的人被干掉,尸体恐怕要发臭了才会被人发现,再合适不过被利用。王天佑早就看好了这一点。"

一个美貌女人的嘴里说出来的话却如此毒辣,我嘴角抽搐,企图反唇相讥,却说不出什么来。

美女看出我的窘态，微微一笑，"别怕，我们会帮你对付王天佑。"

"你们为什么要帮我？"我几乎本能地问。

美女的脸上笑意更甚，"我们当然有自己的目的。但是你只需要关心自己的命，是不是？"

我把心一横，"横竖是个死，你们要是不把话说明，我不会和你们合作。而且，我要向王天佑报告这件事。"

对面的两个人相互看了看，姓万的医生开口，"梁医生，既然我们露面找你，自然没有打算隐瞒什么。人为财死，鸟为食亡，1000万元是很大一笔钱，但是和我们想做的事比较起来，只是一个零头。"他顿了顿，看了看我的反应，我眼睛眨也不眨地看着他，等着他讲下去。

"王家是超级富豪。王天佑继承了他父亲的资产，然而，老王的死因很可疑。法医鉴定他死于心力衰竭，但是我有不同的看法。我是老王的家庭医生，他的身体虽然有些老化，但是并没有那么糟糕，根据他的死状，我猜想那可能是被枕头之类的东西闷死的。当然，这样的猜想需要验尸报告证实才行，看一看究竟有没有这种可能。可是他的遗体已经火化了。

"然而王天佑没有想到，他无法继承老王的财产。老王的资产冻结了，根本无法解冻，也无法继承。除了庄园，他拿不到任何东西。"

地 火

万医生停顿下来，看着我，"王家的财产至少有 65 个亿。"

65 个亿，这是一个天文数字，我不知道究竟是多少钱，但真的是很多很多，就算用一千块一张的纸币，也能压死十个大汉。我用惊愕的眼神看着万医生，"你们想要这笔钱，这怎么可能拿得到？"

"所以我们需要你加入。"

我感到自己的心在颤抖，"你们到底打算怎么办？"

万医生看着我，"这件事风险很大，你要想清楚。"

"你的生命本来已经很危险，和我们合作反而会安全一些。"美女赶紧补充。

"我和你们合作，王天佑那种人不会放过我的。我该怎么办？"

"我来告诉你事情的经过。"万医生不紧不慢地道来。

我认真地听着。事情慢慢清晰起来，然而，一切都是那么匪夷所思，虽然我从医科大学毕业，这样的情形仍旧大大超出了我所能想象的范围。

李川书的身上，居然有如此巨大的秘密。作为每天端坐在面前的人，我居然毫无察觉。冷汗从额头上不断沁出，我身不由己，被卷入一场谋杀中。

李川书坐在我面前。现在，他的名字叫作王十二。

李川书人格已经很多天没有出现，而王十二一直就在我面前。

我给他进行了深度催眠，往常，催眠所唤醒的人格总是王十二，这一次，我的目标恰恰相反，希望李川书能够出现。

他的确出现了。我从他的眼神中读出这一点。

"你叫什么名字？"我不失时机地问他。

"李川书。"

"王老板怎么死的？你看见他死了吗？"我根据万博士的建议单刀直入。

"我看到了。"他说，"是他的儿子，他在骂他儿子。"

"他骂些什么？"

"我不知道，我听不清。"

"后来发生了什么？"

"王老板站起身，他的儿子很害怕。他走一步，他儿子退后一步，说话的声音都在发抖。王老板大声骂了一句。"

"我就是去死，也不会留给你一个子儿！"李川书突然尖着嗓子叫了起来，他在模仿王十二的骂声。

"然后呢？"

"他儿子跪下。"

李川书的声音越来越小，他的人格正在昏睡过去。

我赶紧提示他，"王老板后来死了，你看到了，他怎么死的？"

"他突然捂着胸口倒在地上。"

"死了？"

| 地 火 ──.

"应该死了,他再也没有起来过。"

"他儿子呢?"

"他爬过去看,很快站起来,从床上拿来一个枕头,蒙住他的头。"这确定无疑地证实了万博士的推测,也许王老板因为某种原因昏厥,而王天佑则干脆谋杀了自己的父亲。

"后来呢?"

"王老板儿子放开枕头,开始打电话。"

"王老板死了吗?"

"他肯定死了,一动不动,他儿子还用脚踢他。"

"还看到了什么?"

"后来来了两个穿白衣服的人,他们和王老板的儿子争论。再后来万医生来了。"说到这里,李川书的脸上突然显示出恐慌的神情,"求求你,把它拿出来,我不要,我不要。"他尖叫着,身体剧烈扭动。万礼云对他来说是一个可怕的梦魇,哪怕在深沉的催眠中,他的潜意识中也能感觉到莫大的恐惧。

催眠无法进行下去,我给他注射了昏睡针。他很快沉睡,而我则忐忑不安地站立在一旁。

王天佑身边的美女叫卢兴鹭。我不知道为什么她和万礼云会有如此大的胆量,企图私吞亿万财产,但是他们彼此间的关系一定不简单。虽然我是一个单身汉,而他们努力装出为了金钱而合伙作案的样子，包括他们彼此间的眼神还是泄露了许多信息。人不为己，天诛地灭。无论如何，他们看上去比王天佑要可靠一些、安全一些。我同意加入他们的计划。

根据计划，卢兴鹭每天下午两点会把手机的信号导向另一个信号源，王天佑那边只会得到一些经过伪装的对话，而我有半个小时的时间可以和李川书深入交谈。王天佑不想放过李川书，然而，在结束李川书的生命之前，他需要得到那些账户的秘密。整个世界，这个秘密只在我眼前的这个病人身上能找到着落。王天佑的父亲王于德，他的曾用名就叫王十二。一个亿万富翁，享尽人间的荣华富贵，眷念不舍。他惧怕衰老和死亡，动用巨额财富寻找长生的秘方，希望能活得长久一些，最好能够永远活下去。这个举动却让他加速死亡，这真是绝妙的讽刺。

当然，他的计划仍旧在进行，只不过有些偏离预定轨道。

李川书的躯体已经卖给了王十二。根据合同，王十二可以从他身上得到任何器官，代价是王十二给他两年予取予求的生活。

然而，如果给李川书知道后边发生的一切，而有一个机会重新选择，他肯定不会选择签约，或者说，如果我是李川书，肯定不会同意。这不是从尸体上摘取器官的故事。万博士没有损伤他分毫，只是给他注射了一些针剂。根据万博士的描述，这是他十五年的心血，他可以使用药物更改人的DNA序列，更改后的DNA序列可以指导脑细胞彼此间的连接重建。当脑细胞按照一定

| 地 火 |

的形式重现,一种记忆也就被灌输到这个人的脑中。理论上讲,这样做能够把一个人的记忆完全灌输到另一个人的身体里,包括那些自我认同的潜意识。

王十二买下李川书的躯体,并不打算用作器官移植,他要的是一个完整的年轻躯体,然后把自己的记忆复制到这个躯体中,从而获得新的生命。这是一个现代版本的借尸还魂。

万医生首先在王十二的身体里投入一种RNA物质,它根据头脑的状况会生成相对应的DNA编码。然后,他把带有记忆编码的细胞从王十二身上分离,经过免疫伪装后植入李川书的免疫系统,这种细胞中的DNA会制造、释放信使RNA,完成神经细胞中对DNA的重编。最后,李川书全身的免疫细胞和神经细胞都会带上记忆编码,李川书的神经网络会逐渐改变,王十二的记忆会慢慢重现,到那时,王十二也就在李川书身上复活过来。在此期间,李川书就像生活在梦魇中,记忆逐渐丧失,意识混沌不清,经历无法言说的恐惧。当最后的时刻到来,李川书在自己的躯体里被压抑,他会完全变成另一个人。

我一直以为这是精神分裂的症状,却从未想到这居然是因为记忆的重现。李川书并非精神分裂,而是有人在他身上复活了。这是一个胆大包天的计划,据说万博士曾经在小白鼠身上试验过,获得成功,但从来没有做过人体试验,谁也不知道有多少成功的概率,而且这样的试验完全是违法的,王十二买下李川书的身体,属于在灰暗地带游走。能够下决心用这样的方法重获青春，这样的人与众不同，他同样有个与众不同的儿子，等不及接班就干脆杀了他。

然而，万博士的重生计划并没有被终止，李川书仍旧活着，而王十二正在他身上复活。如果他真的能够完全回忆起王十二生前的情形，那么他到底是李川书还是王十二呢？一般来说，一个人把自己认定为另一个人时都会被送到精神病院。王十二还是亿万富翁的时候，他有足够的手段摆平这件事，但是当他作为一个精神病人被捆绑在病床上，恐怕神仙也救不了他。更何况，还有一个亿万富翁正虎视眈眈地盯着这件事。

他们都是病人。

我充满怜悯地看了李川书一眼，我不是上帝，拯救不了任何人，我只能拯救自己。

我撸起李川书的袖子，拿起针筒扎进他的胳膊。这是一个汲取式针筒，针头钻进皮肤之后自动软化，然后，像一只小虫似的在他的皮肤下游走。很快，针筒里充满了淡红色的各种人体组织，悬浮着各种组织颗粒。这样就足够了，我把样本筒摘下，放进兜里，然后端起记录本，开始在上面涂涂画画。

这一天，当阿彪来取记录本，我竟然对着他微笑。这个冷酷的大个子被我的异常举动弄糊涂了，愣愣地看着我，竟然也露出

| 地　火 ——.

一个傻傻的笑容，然后我飞快地逃走了。

一个人身上蕴藏了巨大的潜能。作为医学院的高才生，我并不是没有潜能。只不过，潜能需要梦想和激情来调动，而我的身上，由于这么多年的精神病院的工作经历，这两样东西已经缺失，我成了一个贪婪而猥琐的小人，昏沉地过着日子。然而，求生的本能让我激情四溢，浑身充满能量。我仿佛回到了青葱岁月在被窝里对着手机如饥似渴地阅读黄色小说的年代，每天晚上，把那个昂贵的手机塞在枕头下就直奔实验室，在那里忙活一个通宵，直到凌晨才回来，匆匆打个盹，第二天我居然能够不犯困。现在我正以十二万分的劲头投身于自我拯救的事业中。

我甚至有理由怀疑自己得了某种强烈的亢奋症，然而，在这个非常时期，这是好事。

我在研究万博士的成果。搞生物的公司最喜欢专利，因为他们知道，没有专利，他们的产品会一夜之间被各种各样的仿制品取代，因为生物制剂是最容易被仿制的东西，甚至不需要仿制，只需要得到母本，就可以轻易在实验室里大量复制，但是凭着我的能力和条件，即便智商高达一百四十五，想搞出万博士那样神奇的研究可能性也基本为零，那需要天才的直觉、持之以恒的努力，还有一些小小的却是决定性的运气。但是复制它却很容易。

我从李川书身上得到母本，在实验室里研究 DNA 被 RNA 影响的过程，还有那些携带了记忆的 DNA 的特异之处，它们和大脑组织相关的基因组产生了很多差异，可以肯定，那就是和携带记忆相关的部分。这些异常的 DNA 很有活力，它们会不断产生 RNA。我毫不怀疑，如果把这些 RNA 提纯，注入某个人身体中，他也会逐渐出现李川书的症状，自认为是王十二。我的确这么做了。RNA 长链加上一层薄薄的蛋白质鞘膜，它就成了一种结晶物。少量的活性物质封装在小小的玻璃管中，晶体细微，看上去像是白色粉末。我把它握在掌心里，原本很轻的东西，却感觉很沉重。

这算不算是一种生物武器？这是一个巨大的问号。我制造了一种和病毒类似的东西。毫无疑问，如果我把这样的晶体大量复制，让它们和某些病毒一样能够在空气中传染，这个世界恐怕要变成一个巨大的精神病院，而且人们还不易察觉。所有的人都做同样的噩梦，所有的人都有同样的精神分裂的症状，到最后，全世界都是王十二。这景象惨不忍睹，我也不敢多想。

但是我得救自己。这小小的病毒，就是我自卫的武器。

第二天阿彪来的时候，我让他进入办公室。我戴着防毒面具一般的口罩，在他面前不断地拍打记录本，粉尘扬起，借着从窗户透过来的阳光，我看见一些细微的颗粒钻进了他粗大的鼻孔。这办法并不是一定会奏效，然而有很大的机会能产生效果。

阿彪显然并不喜欢我的举动，他接过记录本，警惕地盯着我。可惜，他的特长是搏斗和枪械，对于病毒显然并不在行，也毫无

地 火

警惕。当他觉得一切似乎并无异常时,转身走出了办公室。

望着他魁梧的背影,我有一种欣喜的感觉。知识就是力量,这句话此刻显得正确无比。然而,阿彪猛然转过身来,快步走到桌前,"脱下你的面具!"他低声说,声音很低,却充满威胁,就像他的外表一样。我一时愣住,惊愕地看着他。

他没有等着,自己动手,一把把我的口罩抓了下来。

"你捣什么鬼?"他厉声质问。

一瞬间,我明白过来,虽然知识很厉害,暴力却更直接,特别是像阿彪这样肆无忌惮使用暴力的人,知识最后总能够胜利,却暂时只能无比委屈。

"我有点感冒,不想传染给你。"我镇静地说。

他抓住我的领子,把我拉到面前,"老实点!给老板做事,不要三心二意。"他撂下狠话,把我重重摁在桌上,用记录本的支架不断地打我的头,直到我求饶为止。

阿彪走出屋子,狠狠地带上房门。

我绝望地瘫在坐椅上。计划赶不上变化,这些精心提纯的RNA类病毒载体在空气中有大概半个小时的寿命,只要我在三十分钟后拿下面具,一切就会完美无缺。然而阿彪粗暴地把一切都打乱了。携带着王十二记忆的RNA不仅进入了阿彪的身体,同样在我身体里扎下根来。很快,我也会像李川书一样,变成一个精神分裂患者。

听天由命。我的脑子没有别的东西，只有这个词。突然间，我想起还有最后的一个救星——万博士。解铃还须系铃人，就是这句话。

当天晚上，我见到了万博士。我给他发了十三封电子邮件，请求见面，有十二万分重要的事情要和他商量。其实我并没有别的念头，就是想活下去。李川书的例子活生生地摆在眼前，我会逐渐地死去，而王十二的幽灵会占据我的躯体。我不想要什么财富，也不管他们想要我做什么，此时，压倒一切的念头就是活下去。

万博士显然对我突然的会面要求感到很不满。"我们说过不能随便见面。"他厉声呵斥我，"难道没有记住？"

"是的，但的确情况紧急。"我争辩，"这件事必须要让你知道。而且很危险了。"

"说！"他语气凌厉，黑着脸。

"我好像患上了李川书的病症。"我说。

万博士一愣，看着我，"这怎么可能？"

"这两天我经常短暂性失神，我能记得一些关于王十二的事。这肯定不是从李川书口里讲出来的，那些记忆就在我的脑子里。万博士，有没有可能你的 DNA 修正出现了问题？它有传染性。如果是 RNA 单链病毒，的确有可能发生传染。"

地 火

"这不可能。这不是病毒!"他仍旧坚持,语气却犹豫了许多。

"我确认这件事,因为我从阿彪身上观察到了这种迹象,他这两天来,我总是看到他有精神分裂的前期症状,今天,他对我说他就是王十二。说完以后,觉得不对,威胁我绝不能说出去,还用记录本狠狠地打我。你看!"我露出头上的伤痕给万博士看,一个确定无疑的证据能够支持这些半真半假的陈述。我并不是一个熟练的骗子,也没有这样的天赋,然而,情急之下,这些说辞自然而然地来到我的脑子里,几乎不需要思考。

万博士半信半疑地看着我额头上的浅浅的伤痕,眉头紧锁。

"万博士,"我再次小心翼翼地试探,"您所发明的这种RNA信使会不会发生变异?从一个人身上跑到另一个人身上,就像病毒一样?"

万博士的脸上充满疑虑的神情,"这种RNA结构没有配对的蛋白质,无法装配成病毒,它们根本不具有传染性。除非,有直接的体液交换。"他狐疑地看着我。

我明白他的言下之意。透过体液交换的传染病有很多,就像艾滋病感染了数以亿计的人。然而,李川书是一个病人,受到严格的看护,根本不应该有这样的机会,更不可能感染阿彪。

我正色道:"万博士,我也是一个医生。不敢乱说,但是如果出于偶然,这些RNA链能够遭遇相应的蛋白质配型,就很容易转化成病毒形态,能够传染。要不然,你从我身上采集一点血样去化验。你一定得想想法子，否则，这就是不折不扣的大灾难。你知道西班牙大流感！"

西班牙大流感在我的脑子里一闪而过。那是一个多世纪前发生的一次不明原因的灾难，病毒袭击了欧洲，死掉了成千上万的人，而流感暴发的原因却一直是一个谜。也许那只是一次非同寻常的基因变异，本质上和万博士的发明并无不同。

是的，如果万博士所发明的东西真的成了一种病毒，它的威力应该不亚于西班牙大流感。当然，我并不担心人类，人类总能够生存下来，只不过需要一点代价。很多人，成千上万，十万百万千万，上亿的人会因此而死去。我所担心的，是我自己会不会变成那巨大数字中的一个。

如果成千上万的人死去，我却能获救，那么这肯定就在我的备选方案中。最好的方案，当然不要死人。我的良心还没有泯灭，只是和生命比较起来，良心只能先放在一边。我望着万博士，希望良心这个东西在他身上的残存比我更多一些。

万博士沉默着。我不由得焦急起来，"这种病毒发病比较慢，如果能针对性地破坏它的DNA转录，杜绝性状发生，那么也没什么。如果迟了，恐怕到处都是精神病。王十二的事情，也恐怕要人尽皆知。"

"跟我来。"万博士低声说，转身就走。

我欣喜万分，却装出满怀心事的样子，"这怎么办？我的手机还在枕头下压着,明天要赶回去,不然会被王天佑发现。"

"到我的实验室,一个小时足够了。但是你必须躺在车厢里。"

万博士的实验室建在深深的地下。我不知道它到底在多少米的地下,只是电梯足足运行了二十秒钟,对再慢的电梯而言,这都意味着很长的垂直距离。

跨出电梯,一堵墙出现在我眼前,红的、蓝色、无色的液体,装在试管中,数以千计的试管从地板一直堆到天花板。它们扭曲盘绕,形成DNA的双螺旋结构。

我发出一声惊叹,这简直是生物科学的行为艺术。

万博士快步走向一台设备,这是一台巨大的计算机,上面有某个公司的商标。我知道这种机器,它是DNA分析仪,得到人类基因库的授权,可以分析所有已知的人类基因组。这种机器最简单的用途是预测一个人十年后的面貌,科学预测,八九不离十,因此受到大众的欢迎。于是它真正的功能被隐藏了,一个人的智商高低、性格如何,答案就藏在这两条双螺旋之中。双螺旋无法决定一个人最终的命运,却可以大体上将一个人归类到某种属性之中,它比任何东西都更清楚地说出你是谁。然而这样直截了当的揭露对于大多数人来说过于残酷,于是基因学家们很高明地把大众的视线从这些痛苦中引开——他们用像十年后的面貌之类的无关痛痒的东西来遮蔽真实,让大众生活在一种虚假却温情的氛围中。

万博士显然用这种机器进行了一些非法的研究。他的研究成果就在精神病院的病房里躺着，而一个已经被烧成灰的人正在这个躺着的人身上复活过来。

有什么事比扼杀一个人的灵魂，窃取他的身体更龌龊？这可能是人类最卑劣的行径。当然，李川书签了字，心甘情愿，至少曾经心甘情愿。

万博士很快调整好机器，示意我过去。我走过去，把手伸进机器的窟窿里，一阵轻微的麻痒之后，机器开始发出嗡嗡的响声，似乎是风扇加大马力的声音。

我抽回手，"我的事情做完了，该回去了吧。"

"不，你在这里等着，我们要先看看结果。"

我就在这个地下宫殿里等待着。漫长的十五分钟过去后，机器缓缓吐出一张长长的纸。万博士并没有去看，他打开电脑上的软件，开始分析数据。我忐忑不安地拾起那张纸，上面画满了各种各样的符号和代码。我曾经见过这些稀奇古怪的东西，在一门专业课上——基因代码学，然而早已经忘得干干净净。徒劳地在纸上瞄了几眼之后，我放弃了努力，眼巴巴地看着万博士。

万博士全神贯注地盯着屏幕，似乎已经忘记了我的存在。

过了一会儿，机器吐出第二张纸。我瞥了一眼，照样是基因代码。万博士把报告拿在手里看着，眉头紧蹙。

"你的确被感染了。"他突然开口，"但是……"他欲言又止，眉头锁得更紧。

| 地 火 ——．

"怎么了,我会变成第二个李川书,是吗?"我慌忙问,声音发颤。

万博士抬眼看着我,说不上是怜悯还是惋惜,"这些基因序列和给李川书注射的并不相同,它们是被打乱的序列,它们被重新组合过,如果真的表现性状,谁也不知道到底会发生什么。"

仿佛一个炸雷在脑子里炸响,我只感到思绪一片纷乱。是的,脆弱的 RNA 序列很容易发生变异,在我从李川书的身体里得到 RNA 序列后,剧烈的环境刺激很可能让基因重组,变成难以预期的东西。我可能不会变成王十二,更可能变成一个彻底的疯子。

"万博士,你是说,我会被这种病毒搞成疯子,是吗?"我勉强发问。

"你会有很多错乱的记忆,所有的记忆混在一起,可能是李川书的,也可能是王十二的,更多的还是你自己的记忆,你会分不清现实。"

万博士所描述的正是一个癔症患者的典型情况。这比精神分裂更糟糕,因为精神分裂的患者生活在此时或彼时,他们其实还有清楚的逻辑,只是不合时宜,而癔病患者,则生活在一团混沌中,在某种意义上,他们就是一团能够行走的肉。

我猛地跪在万博士面前。这个唐突的举动让他一惊,慌忙伸手拉我,"你这是干什么?!"

"万博士,救命!"我用力在地上磕头,头磕在地上,发出嘭嘭的响声。

万博士有些手足无措,"你这是干什么,站起来说话。"他用力拉我。我仿佛有无穷的力气,一个劲儿地磕头,他根本拉不住。

"好了,你先起来,要不然,我们怎么想办法?"他看着我,一副哭笑不得的样子。

我爬起来,额头上青紫一片。我的精神从崩溃的边缘恢复,不由得为刚才的举止羞愧。"万博士,我……"我想说些什么,却不知道如何开口。

"你是不是做了什么?"万博士认真地看着我,"李川书体内的这种RNA序列只能在人体的环境内生存,怎么会跑到你身上去?你要老实告诉我,否则我不知道它怎么感染你,很难找到对症的办法。"

我知道他说的都是真的。我不想拿自己的性命冒险,于是把一切和盘托出。

"我只是想救自己的命。"最后,我看着他,可怜巴巴地说。

他的脸上浮现出一丝怒意,然而尽量克制着,没有爆发出来。我也不敢说话,小心地察看他的脸色。

过了半晌,他说:"我先送你回去!一切都要维持正常。不要让王天佑觉察。"他看着我,"我会想办法,你不会有事。但是——"他加重语气,"必须要按照计划来!我们的风险很大,稍有不慎,一切都完了!"

| 地　火 ——·

"是的，是的。"我忙不迭地点头。

半个月的时间在风平浪静中过去，我度日如年。

噩梦正一点点地变成现实，我时不时会出现一些幻觉——那不是幻觉，是记忆，就在我的头脑里，只不过那不是我的记忆。

李川书被锁在病房里，现实已经很清楚，他已经彻底变成了王十二。只不过，他显然并不理解为什么自己会沦落在这种处境里。最初的狂暴过去之后，他变得畏畏缩缩，听见房门的声响就发抖——那些五大三粗的汉子对付任何一个敢于撒泼的精神病患者从来都敢于下手。

我走到床前进行例行观察，他躺在床上，浑身散发着臭味。恍然间，我感觉那躺在床上的人就是我。我拼命压抑着这种念头，随手在记录本上写了几句，准备退出。

王十二却突然抬起手。他的手高举，五指分开。"500万！"他说，声音低沉，却无比清晰。

我猛然间记起还有500万这回事。那天的情形历历在目——眼前是一笔天文数字的巨款，而下方显示着我的身份证号码，当我的手颤抖着在屏幕上按下确认，"转账成功"的几个字跳了出来。

巨大的幸福感瞬间击穿了我，无法言说。然而短短几个月，这笔带来巨大幸福感的巨款已经被我遗忘到九霄云外。恍如隔世，恍如隔世！如果还有500万元放在我眼前，我会把它当作粪土一样抛弃。

我转身，麻木地向外走去，对王十二置之不理。

"我可以让你变成亿万富翁！我有很多钱，都可以给你。"王十二急切地呼唤。

我仍旧麻木地向外走。

"我给你账号，你可以去验证！"他说，"3373，6477，2478，6868，732。"

他嘶哑的声音仿佛有一种魔力，让我的脚步慢下来。当这串数字的最后一个音节结束，几个意义不明的字符串随之在我的脑海里浮现。我停下脚步，一种诡异的感觉涌上心头。

"过来，我告诉你密码。"他说，"这个账户里有一个亿，加上利息，至少有一亿三千万。"

我转头看着他，他也正努力抬眼看着我，眼里满是乞求。

我走了过去，低下身子，把耳朵凑在他嘴边。

"20570803；确认码，T-T-R-1-9-1-4；第三密码……"

我突然感到一丝凉意。不需要他再告诉我什么，这笔钱的来龙去脉在我的脑子里清晰了起来，而这几个彼此间毫无关联的密码仿佛在记忆中生了根一般牢固。

"都记住了吗？你可以写下来。"王十二问。

我点点头，径直走出病房。我匆匆忙忙地换下白大褂，准备去找万礼运。无意间，手指碰触到口袋，硬硬的，我的心一凉。那是那个手机，它监视着我的一举一动。王十二孤注一掷，企图

| 地　火 ———●

用巨款来收买我，王天佑可能已经知道这个消息。

我在办公桌旁坐下，强迫自己冷静下来。当王十二的记忆在我的脑子里重现，事情的来龙去脉变得清晰。我是最无辜的一个人，被卷进来只因为我是一个精神科医生，而且看起来容易受人摆布。此刻，我居高临下，把一切看得清清楚楚。问题仅在于，我该怎么做。

"梁医生，病人的镇静剂需要重开吗？"护士走过我的门口，随口问。

我心中一动，站起身，"我跟你一块儿去拿药。"

我掏出手机，把它锁进抽屉，然后跟着护士离去。

当我从药房出来，被人挡住了去路，是阿彪。然而他并不是奉命而来。

他的眼神里充满困惑，失去了那股彪悍的味道。他挡在我面前，"梁医生，我们得谈一谈。"

我看着这个可怜的人。正如我所预料，阿彪非常害怕，他外表粗犷，内心却很脆弱，一旦发现某些事情超出了所能控制的范围，便惊慌失措。他是危险人物，然而一旦被控制，就无比安全。

"跟我来。"我冷冷地说，手心里却全是汗，生怕他暴跳起来，又把我结结实实地揍一顿，说不定这次还会把我搞残废。

然而他真的听从了，乖乖地站在我身后。也许他认为我给他下了毒，手里有解药，只有听我的话才能活命。有的时候，两个人之间的强弱似乎只是气场的对决。我必须去找万博士，时间急迫，我趾高气扬。而阿彪，却正是心理最脆弱的时刻，再强悍的身体也拯救不了他。

这不是我的计划，却正好帮了忙。我们坐进了阿彪的车。

"去找王天佑。"我下令。

阿彪看着我，"老板没让你去找他。"

"我必须去找他，"我看着阿彪，"否则我们都活不了。你出现了一些幻觉，对吗？"

"是的，"他犹豫着，"这两天我经常头晕，有一些奇怪症状。你能帮我解决掉？"

"听我的，我们才能解决问题。去王天佑那里。"阿彪服从了我的指令。

彪悍的军车在王天佑豪华的庄园里奔驰。突然，我命令阿彪，"从这里转进去。"前方是一条小小的支道，仅能通一辆汽车。这是一条幽静的道路，毫不起眼，道两旁树木森森，即便是大白天，也显得阴冷。

"这里？老板不在这边。"

"照我说的做！"

军车快速地打一个转向，转入到这条林荫道上。几个转弯之后，一幢小楼出现在道路尽头。

| 地 火 ——

"见过这幢楼吗?"

"没有。"阿彪老老实实地回答。

"在楼前停车,不要熄火,等着我。"我厉声说道,阿彪唯唯诺诺地点头。看见这样一个彪悍的大块头俯首帖耳,我不由得对自己将要进行的事充满信心。

我走到小楼门前。浅灰色的门紧闭,我按下门铃,有人会从摄像头里看到我,然后大吃一惊,他会打开大门。我静静地等着。

门果然自动打开,我走了进去。这是一部电梯,我曾经来过。

万博士在电梯门边等我,他看着我,等着我解释。

"情况紧急,"我说,"李川书说了一个账户,王天佑可能知道。"

"你怎么找到这里?"万博士并不理会我所说的紧急情况,他对我的突然出现感到不安。

"这里,"我指了指头,"我的病越来越重了,总会有些突如其来的记忆碎片。我想起来了你的实验室到底在哪里,我宁愿想不起来。"

万博士不再追问,侧身示意我进去,"来得正好,我也正想找你。"

实验室里没有别人。万博士在一台电脑前坐下,"我找到一些办法,可以针对性地消除你身体内的变异DNA。"

"另一种病毒?"我问。

"你可以这么认为。我指定了几个特定的基因组靶标,这种病毒进入细胞核后能够摧毁那些已经变异的 DNA,避免你的大脑性状进一步发生改变。"

"但是它无法把已经改变的性状变回来。"

"是的。"万博士说,"所以越早越好,"他看着我,"在王十二的记忆占据你的头脑之前,必须消除那些已经变异的 DNA,残存的 RNA 很容易控制,它们本身的生命周期很短,只要不让它们感染更多的健康细胞,你的免疫系统很快就能把它们清除干净。"

我露出一个勉强的笑容,"那么最好的情况,我能保持现在的状态。"

"没错。"万博士把电脑屏幕转向我,"自己看看,你既然能复制记忆、描摹 RNA,那么你的基因学基础已经足够阅读这些说明。"他站起身,"我来做准备。"

他走向一旁,站在一个庞大的仪器边,打开一扇小门,开始从里边取试管。我低头看着眼前的资料,这是一份关于"记忆描摹 RNA"的详细说明,这一章节专门描述如何预防这种 RNA 侵入细胞——对已经改变的性状,没有办法复原,因为原本的性状已经被抹去。

我草草地浏览了几页,定了定神,开始说话:"我已经有了一些王十二的记忆,但是我并没有发疯,我还能清楚地分辨哪个记忆属于我,哪个记忆属于王十二。我想起来一笔钱,共有一亿

| 地　火 ──●

三千万美元，这笔钱的利息每月按时汇入六个账户。"万博士手中的动作停滞下来，他看了看我，把手上的试管放在架子上，然后面对着我，"你想说什么？"

"我那个不可靠的记忆告诉我，如果这笔钱的汇款不按时汇出，六组杀手就会奔向不同的目标。"

万博士的声音有些发颤，"我不明白你在说些什么！"

"那样也好，我已经把这笔钱转入我的账户，下个月开始，也许就会有几场谋杀案发生，其中一件，也许就在这个庄园。还有，如果没有人重设这笔钱的权限，再过半年，这笔钱同样会被冻结，半年的时间，说起来也不算太长。"

"你想怎么样？"万博士的额头上渗出了冷汗。

我微微一笑，"虽然我可能变成一个疯子，但是在我变成一个疯子之前，我可以让几个人变成死尸。很简单，一场交易，怎么样？"

"你说吧。"万博士很快控制了情绪，平静地说。我知道，从此刻起，我们真正地站到了同一条战壕里，而且，我占据了优势。

"这件事需要卢小姐的配合，她在庄园里吗？如果在，我们今天就可以解决问题。"这是一个冒险计划，然而我知道，时间紧迫，再大的风险也值得一试。

我把一个药瓶交到万博士手里。他看了一眼，惊讶地抬起头，"阿匹苯胺片？"我点了点头。

从小楼出来阿彪仍旧在等着我。

"老板找你。"我刚上车,他就说。

"那正好。"我淡淡地说。这正和我的计划配合得天衣无缝,他不来找我,我也会去找他。

"我怎么办?"阿彪问,他显然知道王天佑这一次找我,恐怕是凶多吉少。他并不关心我的生死,但是担心自己的性命。

我正对着他,"我给你500万,你是不是能帮我杀了王天佑?"

阿彪断然拒绝,"这不可能。我不能对老板下手。"

"你自己的命也不要吗?"

"不要拿这个来威胁我!"阿彪突然恢复几分彪悍的味道,"我是不会背叛老板的。"

"好吧。"我坐直身子,"但是为了你的命,你最好不要告诉任何人,我们今天到了这里。你的幻觉会让你精神错乱,你也看到了李川书的下场,如果不尽早采取措施,你会和他一样。没有人能帮你。"

阿彪默默地开车,驰出小道,转向庄园内部。

我看了看表,四点一刻。"在这里等一等。"我告诉阿彪。

阿彪把车停在路边,也并不发问,只是等着。

时间很快过了四点半,我让阿彪上路。绿草如茵,仿佛一块巨大的绒毯,豪华的房子就在绒毯上,远远看去,就像童话里的

| 地 火 |

城堡。这景象触动了我的回忆,有一种亲切的感觉。这不是属于那个叫作梁翔宇的精神科医生的记忆,它属于那个叫作王十二的亿万富翁,这所房子曾经的主人。然而,我并没有抵触,只是看着那房子,感到一阵温馨。也许我是谁并不重要,我活着、看着、感受着,那就是一切。变成另一个人,似乎也并没有那么可怕。可怕的是,是否因此而精神错乱。

"你喜欢这所房子吗?"我突然问阿彪。

阿彪点点头。

"你记得老老板吗?"

阿彪不说话。

我知道他记得。他从小就在王家长大,他的父亲就是王十二的保镖,因为父亲死得很早,王十二就像他的父亲。他并不明白身上出现的记忆错乱的症状,那正是王十二的记忆,其中也一定有一些关于他的部分;也许他看着镜子里的自己,会涌起一些莫名其妙的情绪,就像我此刻看着他,心中充满了一种父亲的慈爱。

这件事真是奇妙,当我站在医院里威胁他,我想的是怎么搞死他,此刻,我竟然下定决心,必须要拯救他。而王天佑,想到这个名字,我的身体不自觉地微微发抖。我要他死!

这是梁翔宇和王十二的同谋,一个为了活下去,一个为了复仇,在这个问题上,他们找到了公约数。

军车在房门前停下。

"押着我去见王天佑,"我低声说,"就像平常一样。"

阿彪下了车,外衣口袋里鼓鼓的,明显塞了一把枪。他像往常一样押着我走到门边。我不自觉地想靠近门框上的虹膜识别器,然而很快控制住,没有做出这个愚蠢的举动。

"老板,我把梁医生带来了。"阿彪对着对讲机喊。

"带他上楼。"王天佑的声音传来。我望了望门上方的一个角落,那是监视器的位置,如果王天佑就在监视器前,他会看见我正望着他。

王天佑坐在宽大的沙发上,翘着二郎腿,故作高深地看着我。

"那个李川书开口了?情况怎么样?"

"他说了一个账户,3373,6477,2478,6868,732。"我把账户报了出来。

"不错。"王天佑站了起来,"你的记性很好。那么密码呢?"

"他说这个账户有第三密码,他不肯说。"

"不肯说?"王天佑动了动眉毛,"难道他不是悄悄告诉你了吗?我知道密码,但是你来告诉我,对我们的合作是一个很好的考验。"

"他没说,"我保持镇静,"他只是告诉我,除了他,谁也不能使用这个账户。而且,这个账户生死攸关。"

"和谁生死攸关?"王天佑保持着笑容,然而我能看出他的表

| 地　火 ——

情有一丝僵硬。

"一个姓万的医生。他说只有这个姓万的医生出现，他才肯说出密码。"

王天佑的心情变得轻松一些，冷哼一声，"这些都是我的隐私，和姓万的医生有什么关系。这是胡说八道。你是精神科医生，应该有很多办法让他开口说真话。"

"我可以试试看，"我说，"不过如果我用药物诱使他开口，很可能会把事情搞糟。"我小心地看了王天佑一眼，他似乎有兴趣继续听下去，"这种保密性很强的东西，人的潜意识都会进行保护，很可能他只会说出一个假密码。"

"没关系，多试几次。"王天佑毫不在意。

"这会杀死他，"我说，"进行催眠诱导是很危险的行为。"

"这有什么危险？不过是多吃几次麻醉剂而已。"

"神经系统的多巴胺物质会被耗尽，神经衰竭，人会死亡。"我把专业知识描述得尽量简单。

"他的整个身体都是我的，不用担心神经衰竭。他会死得很快吗？"

"我不知道，每个人都不一样。"

王天佑有些犹豫，显然，他并不想让李川书很快死去。

我仔细地观察王天佑的神色，他似乎有些不能确定时间，抬头看了看钟表。他的鼻翼翕张，神色有些恍惚。

卢小姐按时给他服下了药。

我走上前,用一种训练有素的温柔声音说道:"现在,我们把万医生找来好不好?"

"天天,到这边来。"随着一声招呼,王天佑晃晃悠悠地站起身,向我走来。

"我是谁?"

"爸爸。"在催眠的作用下,他看着我,就像看着王十二。

"我就是去死,也不会留给你一个子儿!"我忽然大声喊叫起来。

"爸,别这样!"王天佑畏缩着后退。

这正是王十二被杀死之前说的最后一句话,我挺直身子,手指如戟般指着他,像极了当日的情形。王天佑浑身战栗,脸部抽搐。他对父亲怕得要死,亲手杀死他之后,却又见到了他,顿时无比害怕。

"你这个不肖子,敢用枕头闷死我!财产,财产都是你的又怎么样?丧尽天良,我做鬼也不会放过你!"我说着做出打人的姿势,王天佑抱着脑袋蹲下身子,"不要,不要,你饶了我吧!"他开始大哭。

王十二的儿子就是这么不争气,绣花枕头一个。我敢说,如果不是王十二晕倒在地,给他十个胆子他也不敢动他老爸一根汗毛。

| 地　火 ──．

　　我可以吓死他。在药物的作用下，只要稍加诱导，恐惧几乎可以被放大到极限。然而这不是我的目的，我也不想犯杀人罪——哪怕永远不会被追查。

　　我只是想告诉他一些东西。我走过去，一把抓住他的头发，拉起他的头，附在他的耳边说："财产都是你的了，但是我们断绝父子关系，我会做鬼，一辈子让你不得安宁。"

　　王天佑只是哆嗦，说不出一句话。

　　我抬头看着万医生，点点头。万医生默默走上来，给他打了一针。王天佑瘫倒在地。

　　"一切都按照你的计划来了，"万医生冷冷地看着瘫在地上的王天佑，"兑现你的承诺。"

　　"我们要看看效果。"我说，"明天，打电话给我，我们要把他送到精神病院去。然后，我们各不相欠。"

　　"你要记得自己的承诺！"万医生盯着我，满怀戒心。

　　"你可以放一万个心。"我微笑着，"只要我不变成精神病，你和小卢都安全。"

　　万医生从密道走掉了。

　　阿彪走进来。我要他站在门外，他听到了全部的过程。

　　"他真的杀死了老老板？"他问。

　　"你都听见了。"我说。

　　阿彪默默地走出去，他再也不会为躺在地上的这个花花公子卖命了。

富丽堂皇的屋子里只剩下我和躺在地上的前亿万富翁继承人。我还有最后的事要做。

我走到书桌边,拉开抽屉,抽屉里有一把保险锁。我拧动锁盘,打开保险锁,眼前跳出一个屏幕。我把手按在屏幕上,启动了程序。

所有的现金、证券、股权、不动产,一切的财产都从王于德的名下转移到一个叫李川书的人名下。指纹、虹膜、DNA,一切可以验证身份的东西都从我身上转入这台电脑,然后通过预留的后门进入国家个人信息管理中心。当最后的转移完成,屏幕上出现一个巨大的摄像头。我露出一个微笑。"咔嚓"一声后,一张卡片从缝隙中弹了出来。

我捡起卡片,这是一张崭新的身份证,我的头像就印在上面,傻傻地微笑着。

从今天起,我就是李川书!

我收起身份证,把书桌恢复原样,然后走出门去,让阿彪送我回精神病院。

一晃十年。

我厌倦了白雪皑皑的布朗峰,决定回去看看。虽然精神病院不是什么光彩的地方,但那毕竟是一个我生活了八年的地方。人

地 火

总是念旧。

很远我就看见了曾经的精神病院的金字招牌——李川书精神疾病研究院。欢迎的队伍排得老长，站在最前边的是宋院长。

"宋院长，很久不见，很久不见啊，您老看上去气色不错！怎么敢这么麻烦大家。"我热情地和他握手。宋院长的老脸上露出受宠若惊的表情，"这哪儿敢当，李老板，您是我们的大贵人。应该的，应该的！"我微微一笑。十年前我是梁翔宇，要在宋院长面前装孙子，一旦我成了亿万富翁李川书，宋院长就再也不记得曾经存在过一个叫梁翔宇的人。钱真是一样好东西，至少可以让一些人彻底忘掉过去。

我走过热烈的欢迎队伍，走进这片熟悉的土地。一个宽敞的院落里住着一个特殊的病人，我走过去，和他打招呼。他猛然一惊，"你是谁，你要干什么，是不是要抢我的钱，我有很多钱，我是亿万富翁。"他说着，像兔子一般跑掉了，躲到了门后。

"他的病情看起来比十年前好多了？"我问宋院长。

"哪里，一直都这样。晚上的时候，杀猪一样叫，如果不是您有特殊吩咐，早就给他上嘴套了。"

我点点头。虽然是我的催眠才让他生活在潜意识的恐惧中，然而这是他咎由自取，我既不内疚，也不怜悯。

当天晚上我和万医生通了电话，告诉他我要去拜访他。他喜出望外。自从那次事件之后，我远走欧洲，他和卢小姐结婚，已经有了一个可爱的宝贝儿子。我们保持着亲密的朋友关系。一个亿万富翁很容易有几个好朋友,特别是如果你真心赞助他们的事业。

"有个特别的人,你一定要见见。"电话那边的万医生显得很神秘。

我知道是谁,却也不道破。万医生和我提了好几次,那个人总在庄园周边出没,衣衫褴褛、面黄肌瘦,他像是在等待什么机会。我很感谢万医生的好意,然而我一直派人跟着他,对他的动静了如指掌。

我见到了万医生和小卢,还有他们六岁的儿子大宝。大宝很可爱,小小年纪已经能明白光速有限,跨进了相对论的门槛。我今天见到了他,果然是聪明伶俐的孩子。午餐时分,正当万医生兴致勃勃地给我讲述关于一种记忆增强新药的最新进展,他确信这种药物会永久性地改变人类历史进程的时候,小卢悄悄地捅了捅我的胳膊,示意我看向窗外。窗外,绿草如茵,却有一个黑乎乎的人影在草皮上行走,踉踉跄跄,仿佛一只动物。

十多分钟后,我站在他面前。

他认出了我,恨恨地盯着我。

"你应该感谢我,如果不是我,你已经死在精神病院里了。"我说。

他无动于衷,仍旧恨恨地盯着我。"每个人都得到了他想要的

| 地 火

东西，李川书得到了享受，王天佑得到了梦中的财产，万医生得到了自由，你得到了年轻的生命。我只是把你们丢下的捡起来。大家都很满意。"我笑了。

他仍旧无动于衷。

我拿出一张卡片，递给他，"这里是500万，你可以在任何一家银行支取。如果你想拿回你失去的一切，这是一个很不错的开始。"

他并没有拒绝卡片。我向他微笑，然后回到了庄园里。再回头看去时，他已经不见了踪影。

第二天，我正在吃早餐，阿彪把报纸送过来，"老板，有消息。"

我看了看阿彪所指的地方，那是社会八卦版面内一条不起眼的消息——"流浪汉银行内取500万遭哄抢，当街被群殴致死"。

我点点头，心安理得地喝下一口咖啡。因果报应，这事怨不得我。

我走到窗边，万医生一家正在草坪上玩耍，其乐融融。王十二，李川书，还是梁翔宇，我不知道自己究竟是哪个，和生活本身相比，这也并不重要，只要你不是把它看得太重要。

"李叔叔！"大宝叫喊着，向窗边跑过来。

我笑嘻嘻地应了一声，从窗口跳了出去，把他抱起来，高高地举起。

"李叔叔,为什么我总觉得很早就认识你?"当我把大宝放下,他兴致勃勃地问道。

"因为大宝乖。"我随口夸赞他。

"但是,"大宝歪着头,"我好像记得你姓梁。"他瞪着圆溜溜的大眼睛,天真无邪地看着我。

我心中一凛,不由得向着万医生夫妇那边看去。

树会记得许多事 / 阿缺

兽性的人与神性的树

| 地　火 ——．

楔子

见到那个老人时，正值深秋，墓园前一片秋气肃杀，枯叶满地。我踩着落叶走进去，脚下传来吱吱脆响，像是有很多细小的动物藏在这层叶子下面。

老人的屋子很寒酸，立于墓园深处，窗子破损，风能从一边刮到另一边。屋前种了一棵柳树，叶子落尽，光秃秃的树枝在秋风中颤抖。老人对树保养得很细心，树干上刷了石灰，又用稻草绳缠好。我从树旁走过，敲了敲门。

"你是？"老人看着我的名片，眯起眼，脸上的色斑和褶子混在一起，"记者？"

"是的，我来问问当年那宗谋杀案。"

"过了二十几年了，还问什么？"

我递上一根烟，说："社里要组稿，素材得有趣又离奇。一个熟人告诉我,这宗谋杀案背后有故事,他不清楚,让我过来问您。"我说了熟人的名字。老人这份守墓的工作就是熟人给安排的,他应该会卖熟人的面子。

果然,老人沉默地抽着烟,烟头红光一闪一灭,好半天才说:"好吧,既然是他介绍的,我就给你说说吧!"

老人领着我走到墓园中间,那儿有两座相邻的墓,年头有些久了,碑上都生了细细的裂纹。"罗怜草,李川……"我读着碑上的名字,点点头,"嗯,就是他们两人。"

风渐渐变大,叶子在地上簌簌挪动,老人花白的头发被吹得凌乱,散成一团。他颤抖地伸手,摩挲着墓碑,粗糙的手和粗糙的碑在风中都显得很苍凉。都说岁月如刀,其实岁月更像是一张砂纸,不停地磨,人和石头都被磨得失去了边角。但幸好,记忆还在,不曾磨灭。

"这事啊,要从二十八年前说起。"

一

十五年前的春天,市植物公园向市民开放,游人如织。

怜草举着相机,对好焦,远处的藤萝正垂着,在微风中抖动。

地 火

光线、距离以及背景契合得完美无瑕。这张照片可以拿给主编当杂志封面了。

她微笑着,手按在拍摄键上,正要按下,一个男人突然走到镜头里。他背对着她,似乎在观察藤萝。

怜草保持着拍照的姿势,等着,风中有淡淡花香。

但远处的男人浑然不觉,伸手拿起一枝垂条,放在鼻尖嗅着。

她终于忍不住,走上前去:"喂,你要站在这里到什么时候?"

男人猛地回头,看见怜草略带怒气的脸,后退一步,靠在藤萝上。他的脸颊因为紧张而微微泛红,嗫嚅了好久,才说:"我站在这里有什么不对吗?"

"当然不对!"怜草举起手里的相机,"我在拍照,你挡住我的镜头了。"

男人"哦"了一声,连忙低头走开,隔了十几米才停下。

怜草重新回到站位点,但举着相机,总觉得哪里不对。镜头里的构图不再完美。她知道可能是自己的心情被影响了,手颤抖着,就是按不下快门。

"唉……"怜草叹了口气,收起相机,走到男人面前,"我好好的一张照片,就这样被你毁了。"

男人显然有些不知所措,问:"那怎么办?"

看他这种胆怯的样子,怜草也觉得自己刚才太不礼貌,摆摆手,转身要走。"等等,"男人突然开口,"你要照它,你知道它是什么品种吗?"

怜草不解地看着他。

"这是多花紫藤,属于落叶攀缘缠绕性大藤本植物,藤干上的皮松开有裂纹,新叶很小,复叶多而杂。你看,多花紫藤的花序很长,青蓝色的,很漂亮,它原产于日本,因为花瓣美丽而被广泛引进。"男人一口气说完,顿了顿,"我的意思是,如果你觉得远景照得不完美,可以试试近景,拍花瓣。"

怜草将信将疑地让相机凑近一朵蓝色小花,聚焦,快门"咔嚓"一声。屏幕上显示的花非常漂亮,周围背景模糊,但花瓣润泽娇艳,似乎随时会从屏幕上沁出花露。

"没想到你对藤萝很有研究啊!"怜草一边欣喜地看相片,一边夸道。

男人不好意思地笑了笑,说:"其实不只藤萝……我是个植物学家。"

怜草抬起头,第一次认真打量眼前的人。他穿着白色衬衣,身形修长,露出的小臂有一种岩石般的淡褐色。他五官清秀,脸有些苍白,看上去像是缺乏运动,但他的笑容很干净。

"你是科学家?"怜草惊奇地看着他,"就是那种我们小时候写作文都说要当的、但长大了都觉得又累又苦又不挣钱所以不愿意当的那种科学家?可是你的样子,不像啊!"

"你心中那种科学家,都是电影里的吧?蓬着头,身上是几个

地 火

月不洗的工作服?"

"哈哈,还真是那样,不过,现在我对科学家的印象改观了。科学家你好,我是杂志摄影师。我叫罗怜草。"

"记得绿罗裙,处处怜芳草?"

"咦,你还知道这个?"怜草有些诧异。

"我读过那首诗,很美的诗,很美的名字……"男人伸出手,"我叫李川,在市植物研究所工作。"

被李川这样夸,以怜草的性子也有些害羞。她脸红起来,像第一抹晚霞涌现在青白色的天空中,又像是微醺后的嫣红。她向四周看了看,说:"这个公园里还有不少植物,我都不认识,你能不能给我讲解讲解?"

二

三年后的清晨,李川从梦中醒来,转过头,看到怜草正温柔地看着自己。

"你什么时候醒来的?"他揉揉眼睛,睡意未消,迷迷糊糊地说。

"一早就醒了。"怜草笑了笑,"你继续睡,我去开个会。"

李川拉住她的手,含混不清地说:"周末你还要出去啊?不要走了，陪我待在家里吧……"

怜草笑着，拉出手，一边穿衣，一边说："周末也要加班，杂志社里——"她顿了一下，"你继续睡吧！"李川"嗯"了一声，闭上眼睛，不一会儿，轻微的鼾声就响了起来。

怜草摇摇头，拿起包出了门。

李川的眼睛无声睁开，掀开被子，走到阳台前。他脸上的睡意如海潮般退去，取而代之的是冷冽，如同寒风阴云掠过。在他的视线里，怜草走到小区门外，不一会儿，轿车的引擎声就响起了。

"丁零零。"

李川拿起电话，话筒里传来被他买通的保安小王的声音："李先生，还是那辆豪车。它停在小区外的转角处，你太太走过去，车门就开了……"

剩下的话李川便听不进去了，他的右手无力地垂下。天边已经有一抹朝霞浮现，晨风吹拂，他觉得身上发凉。

这已经不是怜草第一次骗他了。

两个月前，他就发现怜草有些不对劲，说是工作忙，一周七天都出去，晚上也很晚才回。他没在意，结婚后两人感情一直很好，即使发生了异常的事，他也不会往别处想。

但不久后，在一家高档西餐厅前，他看到了怜草和一个男人从一辆豪车里走出来，进了餐厅。

那个男人高大英俊，笑起来彬彬有礼，怜草嘴角也挂着浅笑。

地　火

李川看着他们，心一寸寸变凉。接下来的几天，他察觉到了越来越多的隐瞒、酒味、晚归、加班……这些理由出现得太频繁。

李川只是个研究员，薪水低微，养活自己已是勉强，这几年来还靠怜草的工资来维持家用。无论是外形还是财力，他都比不过那个开豪车的男人。

所以，他从不点破。这是他仅有的骄傲。

晚上，怜草回来，身上带着酒味，人也有些醺然，进屋就躺在沙发上了。李川放了热水，帮她洗漱，然后把她抱上床，掖好被子。他站在床边定定地看着她。窗外渐渐下雨了，沙沙不绝，像是雨在舔舐玻璃。

往事在雨声中浮现。

刚结婚那阵子，怜草特别黏李川，每天都要给他拍照。在屋子里，在街上，在实验室里……"你真是赚大了！"怜草总是做出一副亏本的样子，"我给人拍照是要收费的，给你拍的这些，足够我几个月工资了。"

有时候怜草拍累了，就会放下相机，看着实验室里的瓶罐和仪器，问："对了，到现在我都不清楚，你到底是做什么研究的？"

"关于植物的理论意识。"李川转过身，手指在培养皿和枝叶抽搐感应仪上拂过，"老婆，你知道吗，植物也是有情感的。"

"是吗？但是，我记得，植物的……"怜草在脑中搜寻着所剩无几的生物知识，"植物的细胞，呃，细胞壁……"

"是的，植物有细胞壁，因而固定了形态，而且植物细胞的膜由纤维素构成，没有神经和感觉器官，所以一直以来我们都认为植物没有感情和意识。"李川拿起一个培养皿，里面漂浮着两段灰色的小木块，"但我们错了。植物对不同的音乐有喜好，你对着一块稻田放轻音乐，收成会比放摇滚乐的稻田好很多。你把卷心菜放进热水里，它会不断抽搐。你撕扯一片喜林芋的枝叶，其他部位叶子的上下表面电阻差会剧烈变化……大量实验都表明，植物不但有感觉，更有感情。它们能体验到疼痛和舒服，也能表现出恐惧和喜悦……"

怜草看着他，没有说话。

"你看，这是我特意取的柳树细胞，已经无菌培养成组织……"李川指着培养皿，突然察觉到了怜草的目光，脸顿时红了，"你为什么这么看着我？"

"你说起植物时，比平常帅气了不少，就像第一次见面时你跟我说藤萝的样子。我就是那时候被你吸引的。你继续说，我可以听一整天。"

怜草说，李川和摄影，是她在这个世界上最重视的两件事。她这么说的时候，语气甜润如蜜，眼神温柔无比，李川深信不疑。

但现在，看着沉沉入睡的怜草，李川的心已然变凉。再多的甜言蜜语也抵不过时间和金钱，已经有另一个人闯入了他们的生活。

他就这么静静坐着，窗外夜色深沉，寂静无声。初春的夜还

| 地　火 ——．

是有些冷，他抱紧手臂，身侧，是收拾好的行李。

他是在天快亮时离开的。他想，要是怜草醒过来，冲他微笑，给他拥抱，那他就抛弃所谓的尊严，跟她摊开来讲，告诉她他没有钱和好看的外形，但他爱她。

但没有，怜草沉浸在梦境里，或许梦里有那个宝马男人而没有他。于是，他站起身，提着行李箱，走出了这间生活了两年的房子。

他关了手机，在朋友家住着，其间怜草给朋友打了电话。当时李川就在一旁，缓缓摇头，朋友叹了口气，对着电话说："我不知道啊，他是你老公，不见了，我怎么会知道呢？"便挂了电话。

两天后，几个警察来到了朋友家，找的却是李川。其中一个面无表情地问："你是罗怜草的丈夫吗？"

"是的。"李川微微皱眉——难道怜草还去报警了？虽然有点儿小题大做，但这样想着，李川心中还是涌起了些许甜蜜。

"罗怜草在今天上午自杀了，希望你回去确认尸体。"

三

这几天的雨一直下个不停。灰蒙蒙的，裹挟着寒意，郊外远山在雨幕中如同洇开的画。

李川呆呆地站立，看着棺木被埋进土里。周围都是撑黑伞的人，远近错落，脸上的表情看不分明。他扔开伞，上前把花束放到棺木上，拿起铁锹，将土铲下。很快，棺盖就被湿土掩住了。

"节哀。"亲友们陆续离开，路过他身边时轻声宽慰。

李川面无表情，雨水从发梢流下。他站在雨中，有些人劝了他，他不理会，那些人便走了。最后，只有研究所所长老陈留下了，拍拍李川的肩膀，说："既然人都走了，就尽早恢复过来吧，所里还需要你。"

"是我……"

老陈一愣，雨声淅淅沥沥，他没有听清楚李川的话："你说什么？"

"是我害死了她……"李川嘴唇翕动，雨水便从脸颊流到他嘴里，"如果我不赌气离开，她就不会死了。警察说她是因为工作压力大，加上找不到我，心里慌张而自杀的。"

"是吗？我印象中，怜草没有那么脆弱啊！"

"我不知道……我只知道如果我不离开，那她现在还是活生生的，会笑，会跳，会拍照……"

老陈叹息一声，说："唉，节哀吧！有些事不是后悔就能挽回的。"说完，他撑着伞，深一脚浅一脚地离开了墓园。

李川依旧看着墓碑，脸上纵横着水流，不知是雨还是泪。

回到家，李川脱了湿衣服，在浴缸里泡着。

地 火

家里冷清安寂,脚步声空荡荡地回响着。要是往常,怜草肯定会皱着眉,大呼小叫地把湿衣服捡起来放进洗衣桶,然后一边埋怨他不讲卫生,一边帮他试水温。但现在,屋子如同一座坟墓,埋葬着伤心欲绝的人。

他慢慢下滑,整个身体淹没进水里。视线光怪陆离,呼吸渐渐困难,他的手开始颤抖,但努力抓着浴缸壁,不让自己冒出水面。

"哗啦",最终,他还是放了手,露出头,大口大口地喘息。然后,他捂着脸,无声哽咽。

那天在警局,警察把怜草自杀的消息告诉他,他不敢相信,发疯般扑向那个警察。周围的人立刻围上来,按住了他,每个人都使出了全力,他动弹不得,只能干号。

警察们不为所动,直到他安静下来才松手。

"你这样没用的,回去处理后事吧!"一个老警察抽着烟,"世界上每天死那么多人,多一个少一个,其实没什么要紧的。"

李川喉咙已哑,什么话都说不出来。

休息了很久,警察挥挥手,让他回家去。他缓缓转身,脸上布满泪痕,每走一步都费很大的劲。

"等等,"老警察抽完烟,吐了口唾沫,咧嘴笑了,"有一件事忘了告诉你。"

他表情木然地站住。

"你老婆肚子里有你的孩子,三个多月了……"

这是最致命的一击。

一周后，李川回到了研究所。同事都知道他的事情，没人说话，整个所里弥漫着哀切的气氛。

李川无精打采地坐在实验室里，周围的器皿和仪器显得冷冰冰的，显示屏上的图线也变得陌生。他摇摇头，深吸口气，强迫自己静下心来，开始着手处理实验数据。

他的研究方向是植物的情感分析。这个观点在很久以前被印度科学家贾加迪什·钱德拉·玻色提出过，他通过大量试验，证实了植物和动物组织的电应激性在功能方面有相似之处，从而得出动物和植物之间存在并行性的结论，而后演化成植物也有意识的观点。但不久之后，另一派观点认为，植物没有大脑和神经系统，一些植物的适应能力看上去充满智慧，其实也只是对外界刺激的反应而已。在植物王国中，找不到任何一种复杂程度能与昆虫甚至蠕虫神经系统相近的解剖结构，更谈不上同能够应付各种错综复杂事物的高级灵长类动物的大脑皮层相比了。

但李川在攻读植物学博士时，越来越察觉到植物的反应已经体现出了智能。所以到研究院后，他执着地选择了这个课题，并且多年如一日地钻研。

他埋头分析，画图表，记录生长数据，等直起腰舒了口气时，已经晚上七点多了。下班时，有几个同事想过来叫他，都被老陈

| 地 火 ─

制止了,现在,整个实验室里就他一人。

关了灯,实验室的仪器显示灯次第灭掉,黑暗笼罩。他走出去,在附近吃了东西,然后便无所事事地在城市里逛着。

他不想回家。家里有太多触目伤情的东西,一桌一帘,一碗一床,都残留着怜草的痕迹。

他漫无目的地走着,身侧车灯来往如梭,划出一道道流光。歌舞厅里传来年轻男女的欢呼声,四周高楼流光溢彩,这个城市彻夜不眠,如此热闹。

但他是孤零零的一个人。

不知走了多久,他回过神,看着眼前的建筑,不禁苦笑——原来不知不觉间,又走回了家里。或许,这里才是唯一能接纳他的地方。

进屋洗漱完,他睡不着,从抽屉里拿出一个小盒子,里面摆放着几根长发。这是他以前替怜草梳头,手法拙劣,从她头皮上扯下来的。怜草每次都忍着疼,但梳完后,都罚他把头发收集起来。

看着断发,他想起了以前的日子,脸上苦涩又甜蜜。

"咚咚咚……"

李川吓了一跳,揉揉眼睛,疑惑地抬头——这个时候,谁会来打扰自己?

"咚咚咚",敲门声又响了。

李川皱着眉,走到门前,透过"猫眼",他看到了小区保安小王的脸。"这么晚了,有事吗?"他打开门问道。

小王的脸色有点儿紧张，向四周警惕地望了望才走进屋。他把门关上，趴在门后听了一会儿，确定无人，才小声道："我过来，是跟你说点儿事。"

"你说吧！"李川对他的举动很不解，加上被扰了清静，语气中带着不悦。

"你太太死的那天，我……"小王顿了顿，咬牙说，"我看到那个男人进来了。"

"哪个男人？"

"就是经常开豪车的那个。他把车停在小区外，自己进来，到了你家。不到中午就走了，然后晚上就传出了你太太自杀的消息。警察来查的时候，我说了这个，但他们说已经知道了，让我不要跟别人说。还有，我心里没底，就查了查监控录像，但那天中午的录像不见了……经理说是硬盘出错，说那天没有异常，是我记错了，没有外人进你家……"

李川的一只手一阵颤抖，他用另一只将其按住。但颤抖像是会传染，他整个人都陷入战栗当中。

"但是我不可能记错的。那个男人走的时候，还冲我笑了一下，那种很怪的笑，看上去温暖和善，却又让人不寒而栗……我忍了很久，觉得还是应该跟你说一下，毕竟人命关天。"

李川沉默了很久，从嘴里挤出几个字："你知道他是谁吗？"

"不知道，从没见过……我能告诉你的已经全说了，剩下的，

地 火

你自己处理吧!"小王转身要离开,在门口时突然停下了,"对了,你让我留意过那么多次,我能背出他的车牌号。"

四

酒吧里的音乐震耳欲聋,彩光横扫,酒液漾光,奇装异服的年轻男女们在舞池里扭动欢呼。李川看了看自己的衣着,牛仔裤,灰色毛衣,与这里的氛围格格不入。他艰难地在舞池里挤着前行,一步步地靠近那个男人。

是的,那个男人。

李川托交管所的朋友查了一下,很快就查出那车牌的登记人。之所以很快,是因为基本上全市的人都认识他——陈澍泽,恒发集团的董事,生意遍布全球,资产超过十位数,连续五年被评为优秀企业家,据说今年很有可能被选为人大代表。

李川看着网上罗列出的长长的资料,一度陷入了沉思:这样的男人,左手握权,右手掌钱,怎么会跟怜草扯上关系呢?

他查了下陈澍泽的行程安排——这不难,作为几万员工的负责人,他每天工作时间的安排都会在集团官网上挂出来——然后在市政厅门口等着。晚上六点,陈澍泽跟市里的领导们一边谈笑一边走了出来,然后被私家车送到酒吧。李川便一路跟到了这里。

陈澍泽定了半开放式的包厢,背靠在真皮沙发上,手上夹着半杯血腥玛丽,眼睛微闭,不知在想什么。他的三个保镖站在一旁,锐利的目光在舞池里扫视,提防每一个试图靠近的人。

李川好不容易挤出舞池,低垂着头,在包厢边上走过。他现在还不确定陈澍泽到底在怜草的死亡中扮演了什么角色,所以只是借路过的时机观察一下他。谁知他刚走到包厢边上,陈澍泽突然睁开了眼睛,嘴角微笑,说:"来坐一坐吧!"

李川愣住了,看看四周,又看向陈澍泽,满脸惊疑。

"你从市政厅那里就一直跟着我,肯定是有什么事情吧?"

三个保镖顿时紧张起来,拦在陈澍泽身前,死死盯着李川,其中一个还把手伸进了怀里。"让开,"陈澍泽咳了一声,"不要这么没有礼貌!"

保镖们退后了几步,但目光丝毫没有离开李川。

陈澍泽指了指沙发:"坐吧,要喝什么?"

这种情况完全在李川意料之外,他感觉自己像个婴儿一样束手无措。他拘谨地坐到沙发上,手下意识地搓着。

"要喝什么?"陈澍泽又问了一遍。

"唔……喝点儿水吧!"

侍者端上水杯后,陈澍泽跟李川碰了杯,说:"现在你总要告诉我,你的目的了吧?"

地 火

"我……"李川犹豫了一下,"我是罗怜草的丈夫。"

陈澍泽脸上的微笑一点点收敛,他坐直身体,正色道:"请原谅我刚才的轻浮。我认识怜草,她是十分优秀的摄影师,也是很有魅力的女性。我听说了她的事情,真的,我很遗憾。如果有任何需要我帮助你的,请直说。"

这番话诚恳真挚,说到后来陈澍泽的声音苦涩,眼圈微微变红。李川直视着他,最终低下头,说:"我听保安说,她……那天,你进了我家的房间,然后怜草就……"

"嗯,那天我是——"陈澍泽恍然大悟,把酒杯放下,"我明白了,你以为是我害死她的,啊,我……听我说,我前段时间想做文化行业,跟怜草的杂志社有生意往来。我需要了解文化定位,杂志的主编就派怜草给我讲解,我们还一同去了市里的很多文化长廊,当然,有几顿饭是一起吃的。那天,我们要去董事会说服其他股东,需要她提供最满意的照片,但那几张照片落在家里了,我们就一起进去拿。当时她心情不是很好,给了我照片,让我先走,自己在家里处理一点事情……没想到,那就是我和她的最后一次见面了。"

"她心情不好,是因为我离家出走了……"李川咬着嘴唇,几乎要咬出血来,几丝咸味在嘴里荡漾。

"我真的很遗憾。"

李川突然抬起头:"可是,为什么她不告诉我那些事呢?"

"哦,主编说如果她让我入股,就升她为副主编。我想,她可能是想给你一个惊喜吧!"陈澍泽说,"她跟我提过这个,她知道你的工资不高,升职之后,你们的生活会好过一些。她还说,她……"他突然停下来,抿了一口酒,却不说话。

"她说什么?"

"我不知道现在告诉你这个是否合适,但……"陈澍泽揉揉太阳穴,最终开口,"但你是她的丈夫,有必要知道这些。她说,升职之后就有钱养育孩子了,而她当时,已经怀了你的孩子……她想把两个惊喜一起告诉你。"

李川如被雷击般站了起来。尽管他清楚孩子的事情,但他不知道怜草如此煞费苦心,就是为了给自己惊喜。而他,因为捕风捉影的事情,居然离开了怜草,留她一个人孤单失落。

"对不起……打扰了。"李川说完,失魂落魄地走出了酒吧。

五

李川在家里想了很久,最终把陈澍泽的名字从名单上划去了,然后他把那张纸揉成一团,扔进纸篓。

怜草死的时候很干净,只有脖子上一道勒痕,没有遭凌辱的迹象,家里的财物也分毫未动——不为钱不为色,怜草也没有仇

地 火

家,那么,唯一能解释的,只有自杀了。

而自杀的原因,只能是自己的负气离开。

想到这里,李川几乎要把牙齿咬碎。

"丁零零",李川正痛不欲生时,电话响了。李川挣扎着接起话筒,声音微弱地说:"喂?"

"是我,"里面传来陈澍泽充满磁性的声音,温厚低沉,"你还好吧?"

"嗯,有事吗?"

"上次你走后,我想了很久。我和怜草虽然认识得并不久,但颇为投缘,所以我想尽一点儿人事,聊表心意。她生前说,最希望的就是你的研究有突破,我刚在董事会提交了一个项目——我想给你的植物学研究投资。"

李川摇摇头,随即意识到对方看不见,说:"要是以前,我肯定很高兴,但……但我现在实在没有心情再继续研究了。"

"别这样,"陈澍泽说,"怜草离开了,但活着的人还是要继续。我知道你很看重你的工作,这肯定也是怜草的夙愿。我明天到你的研究室,商量一下具体细节。"

李川还没有回答,电话就挂断了。

第二天,李川来到实验室,还没进去,就感觉到了里面的奇怪氛围:同事们都围在自己的办公室门外,一边窃窃私语,一边踮着脚朝里面看。一看到李川来了,他们又散开了,目光各自不同,有艳羡,有不屑,也有漠然。

李川大概明白发生了什么事情。他走进实验室,果然,在里面看到了西装革履的陈澍泽。

院长也在,正给陈澍泽讲解研究机理,见李川进来,连忙说:"来,阿川来得正好,这是陈……"

"我们见过的。"陈澍泽露出微笑,握住李川的手,"我刚才听陈院长讲了一些,果然很神奇,如果植物也有感情和智慧,恐怕会对整个社会形成冲击。"

"我还没有把握证明这一点。"

"你不是做了很久的研究吗?"

陈院长见气氛有些尴尬,连忙插话道:"植物有意识,并不是新鲜课题,美国的科学界曾经对它进行过激烈的辩论,最终反对派占了上风。探索频道还出过一个叫《流言终结者》的节目,专门反驳了它。但阿川用 EEG,哦,也就是脑电图描记器,准确地测出了人的思维对植物形态的影响。我们有成千上万的精准数据表明,植物能感知人的思维,也能有意识地做某些事情。"

陈澍泽摸了摸鼻子:"那为什么还不发布成果呢?"

"因为还没有成果。我们想培育出能够听懂指示并且行使指令的植物,那样才是活生生的证明。"

"也就是说,你们有可能研究出听人的话去做事的植物?"

"嗯,"陈院长指着培养皿里的细胞组织,"这是柳树组织,它

地　火

的细胞壁经过特殊处理，柔韧性大大增加了。细胞壁是植物的保护层，也是禁锢，经过处理后，植物的思维处理能力和活动能力都会上升一个层次。只要有经费，成果出来的日子就能够提前很多。"

"很好，我们恒发集团就是要做这种有超前理念的投资。"陈澍泽掏出一张名片，"具体的事情你跟我的助理谈，钱不是问题。"

陈院长手颤抖着接过名片，连连点头。

陈澍泽转过身，说："但我有一个条件，研究组的负责人，一定得是他。"他的手指向李川。

"嗯，我也希望是他。"

就这样，李川浑浑噩噩地站了几分钟，一个几千万元的大项目就落到了自己肩上。他对状况一点儿都不了解。他心里想的是怜草，仿佛她又来到这间屋子，让自己给她讲解植物的一切。

"好好干，"临走时，陈澍泽拍了拍李川的肩，"把心放到工作上来，忘记悲伤。我前妻去世时，我也是这么挺过来的。"

六

接下来的几个月，李川一直泡在实验室里。

正如陈澍泽所说，刻苦工作确实是分散注意力的好办法。他没日没夜地做对比试验，分析数据，调节培养皿的各成分平衡……只有这样，怜草的模样才会在脑海里淡一些。

陈澍泽来过几次，每次都能看到蓬头垢面的李川。由于李川拼命工作，实验进展很快，柳树茁壮成长，并且已经能完成一些简单的指令了。陈澍泽亲眼看到柳树的枝条卷起一杯水，递给李川喝。

"果然神奇，我没有看错你，"陈澍泽很满意，"我唯一担心的，是你的身体，你要注意休息。"

李川摇摇头："成功近在咫尺，我不能有一丁点儿松懈。"

事实上，他一旦松懈，怜草就会乘虚而入，在他耳边轻轻吹动气息。

但陈澍泽没有任他玩命苦干，几个月后的一天，他到实验室里，一把拉住李川，说："来来来，今天就别干活了，我们去喝酒！"

"我不想喝。"

"由不得你。这是董事会的饭局，你要给其他股东讲解研究进展，不然他们就会停止资金流入。"陈澍泽嗅了嗅，随即捏住鼻子，皱眉道，"你有多少天没洗澡了？快，去洗个澡，然后换一身西装。"

李川摊了摊手："我没有西装。"

"我已经给你买来了。走吧！"

地　火

李川看着陈澍泽，鼻子有些酸涩。他很感激他，要不是陈澍泽帮他，他都不知道这些日子该怎么度过。尽管他对这种好意感到困惑——一个身价数十亿的企业家，为什么突然降低身段来跟他这个研究员当朋友？李川想了很久，最终把原因归结为自己的研究很有前景，或者陈澍泽确实想帮怜草完成夙愿。这两个理由都让他不能拒绝陈澍泽的邀请。

在酒席上，李川给那些大腹便便的股东们讲植物的自我意识，他绞尽脑汁，尽量不用艰难生涩的专业术语。然而，股东们都没有什么兴趣，有的在不停地看表，有的在打哈欠。

但只要陈澍泽鼓掌，股东们就鼓掌；陈澍泽称赞，股东们就站起来敬酒。

李川不会喝酒，陈澍泽便一一帮他挡了，挡不住的，陈澍泽也不推辞，端起酒就往口里灌。

等到饭局结束时，李川还算清醒，陈澍泽却已经烂醉如泥了。股东们相继离开，只剩他俩留在包厢里。

"喂，你醒醒，"李川扶住陈澍泽，拍了拍他的脸，"你的司机呢？"

"他……他请……请假了……"陈澍泽迷迷糊糊地说。

李川心里叹息一声：那只能自己送他回去了。

陈澍泽住在市北的半山腰上，家是典型的豪华别墅。夜风在山上刮得很大，呼呼作响，山林随风耸动，不时有簌簌的声音响起，不知是小动物跑过，还是枝叶在彼此摩挲。偶尔有鸟从林间飞起，扑棱着翅膀，转瞬间消失在漆黑的天幕中。

下了出租车，李川叫了几声，没有人回应。这让他觉得很惊讶：这么大的地方，居然没有保安，别墅里连保姆也没有。

所幸还有电子门禁。

识别了陈澍泽的虹膜后，院门"吱呀"一声打开。李川搀扶着陈澍泽走了进去，声感路灯在他们身边次第亮起，照出一条光之路径。

有光之后，李川更加感受到别墅的巨大与辉煌，他奋斗一辈子，恐怕连这里的一个房间也买不起。

但他并不羡慕。这么大的别墅，却只住着陈澍泽一个人，想一想都觉得孤单。

李川把陈澍泽扶到房间的床上，刚要给他盖上被子，陈澍泽却突然捂着肚子坐起来，"哇"的一声，吐出一大口秽物。吐完后，陈澍泽迷糊地哼了几声，又倒头睡下了。

李川的新西装上布满了秽物，刺鼻的味道弥漫出来。"看来自己果然不是穿正装的命啊！"他苦笑一声，把西装脱了下来，但酒气还残留在身体上。

他找到浴室，用水冲了把脸，然后左右观望。这个浴室也是豪华装修，地板是磨砂水晶面，浴缸巨大，边缘上还架着一台笔

地 火

记本。看来陈澍泽经常泡在浴缸里办公。

李川洗完脸,正要离开,目光突然被电脑下面压着的东西吸引了——那是一张照片,只露出一角来。他走过去,把照片抽出来,然后,他愣住了。

照片上的人是李川。

照片里的他站在一家西餐厅门口,正扭头往里面看,而透过玻璃门,还隐约可以见到怜草和陈澍泽坐在一起吃饭。

这个画面很熟悉,李川闭着眼睛,没多久就想清楚为什么会熟悉了——那是他第一次误会怜草出轨。他偶然看到怜草和陈澍泽从豪车里出来,一起进了那高档餐厅,他在外面踟蹰,几次想进去,最终还是离开了。

但,当时为什么会有别人在拍自己?还有,这张照片为什么会出现在陈澍泽手里?

李川感到一丝寒意从脊背上升起,如蛇游走,不寒而栗。

他从浴室退出来,想问清楚,但陈澍泽酒醉不醒,微弱的鼾声一起一落。他看着陈澍泽熟睡的脸,想起这几个月的恩情,心头又迷惑了。

或许,是个巧合吧!他这样想着,转身走出了别墅。

他离开的时候,心乱如麻。所以他没有看到,在他身后,漆黑的屋子里,陈澍泽已经悄然睁开了眼睛,嘴角挂着莫名的笑意。

七

回家的路上,李川一直想着照片的事,却不得其解。

到小区门口时,已经是凌晨了。街道上空寂如死,几个塑料袋被风吹了起来,路灯一闪一闪的。只有保安站在门口,显然是累了,在不停地打哈欠。

李川刷卡进去,嘀,绿灯亮了。见业主进来,保安连忙敬礼。

"你是,"李川疑惑地看着保安,"新来的?"

"嗯,我今天刚来上班。"

"原来的小王呢?"

"他辞职了。"

李川点点头,然后拖着沉重的步子往里走。

"要说人啊,真是没法子说。一个小小的保安,突然就能去大公司上班。"身后的保安感叹道,"听说还是恒发集团,真让人眼红啊!"

李川骤然站住,难以置信地转过身:"恒发集团?陈澍泽的恒发集团?"

"是啊,是那个恒发。你说这么大一个企业,怎么会挖小王过去呢?他们又不缺保安。"保安自顾自地说着,"我也得好好干,说不定干几年,也能被挖走。"

地　火

李川没有继续听下去。四周的黑暗一下子压了下来,他什么都看不见,什么都听不清。他像孤魂野鬼一样走回家里,和衣躺在床上,闭上眼睛。

他明明很累,却怎么也睡不着。

一张蛛网似乎将他包裹住了,重重叠叠,无法挣扎。他从未像现在这样迷茫过。

呼,他突然坐了起来,在黑暗中大口喘息。

他想到了一个问题,而这个问题,是他早应该想到的!

怜草并非自私的人,她怀孕了,肚子里还有一个小生命。这个时候的怜草,是无论如何也不会自杀的!

柳树的枝条在上下摇摆,灵活如蛇。

这个景象发生在实验室里,没有风,枝条的运动完全是出于柳树的自我意识。这代表着,李川的试验已经接近尾声了。但他没有丝毫欣喜,趴在桌子上,呆呆地想着问题。

有些事情他没有想通。

向自己告密的是小王,但现在看来,小王已经被恒发集团收买了。难道是为了亡羊补牢,掩盖消息?但如果这样,陈澍泽又何必对自己这么好,不但给研究出资,还帮自己走出阴影?

为了研究?李川摇摇头,植物的自主意识确实很神奇,但陈澍泽没必要通过这种方式来接近自己。毕竟,以陈澍泽的钱和权,买下整个研究院几乎都不会眨眼睛。

枝条仿佛温柔的手,轻轻地在李川脸上拂过,像是在抚慰他。李川捏住枝条,枝条顿时安静了,只有末梢在李川的手掌上摩挲。

"真不知道把你们的意识解放出来是好还是坏,"李川轻轻说道,"这个世界太复杂了……"

柳树突然一阵抽搐,枝条绷紧,树叶簌簌抖动。

李川顺着枝条看过去,陈澍泽的身影出现在门口。他穿着价值不菲的休闲装,身形修长,嘴角挂着礼貌的微笑。这种成熟男人的气质,跟他昨夜的醉汉形象相差万里。

"昨天让你笑话了。"陈澍泽斜倚在门口,"没想到我那么不胜酒力。"

李川摇摇头,说:"没事的。"

"对了,我家里比较乱,没有什么让你感觉不适的吧?"

李川盯着陈澍泽的脸。陈澍泽说话的时候,脸上笑容依旧,表情优雅从容,身体没有一丝不自然的感觉。他安静地与李川对视着。

"没有,你休息之后我就走了。"很久之后,李川这样说。

"那就好。"陈澍泽点点头,"你继续工作,等成果出来了我们给你安排一个大型发布会,到时候国内外各大主流媒体都会来,全程摄像。"

陈澍泽走后,李川莫名烦躁起来。他在实验室里走来走去,

| 地　火 ——．

脑子里的画面轮番交叠，一会儿是怜草，一会儿是高深莫测的陈澍泽，还有实验的成果，还有大型发布会，全程——

他突然站住了！

全程摄像？

这四个字提醒他了。保安小王当初告诉他，怜草出事那天的监控录像不见了，但现在看来，小王已经被收买，他的说法或许并不可靠。

想到这里，李川立即披起衣服，快步离开实验室。

屋子里顿时安静下来，只有柳树的枝条在弯曲扭动，如同一条挺过了寒冬的蛇在悄然苏醒。

"您好，有什么我可以帮助你吗？"

李川摸了摸口袋，摊着手说："我在这儿等领导，他随时会来，我走不开。不过，我没带烟，你帮我去买包烟好吗？"

保安认出李川是小区的业主，但还是露出为难的表情，说："可是我要站岗……"

"没关系，我帮你守着。"李川掏出几张钞票，塞进保安的口袋，"帮帮忙。"

"那好吧。"保安拍了拍口袋，跑向两个街口之外的超市。

李川脸上的笑容立刻消失，他深吸一口气，闪进保安室。里面的办公桌上放着几台电脑，屏幕里是监控画面。李川找到了安装在自己家门前的三十九号摄像头,然后翻阅历史记录,上面显示着,那一天的视频还存在电脑里。

小王果然骗了他。

李川把U盘插进电脑里,将那一天的监控画面导进去。进度条不断推进,在门外刚刚响起脚步声时,导入完成。

"咦,您怎么到这里来了?"保安脸上有些不悦。

"就是累了,进来休息休息。"李川弯下腰,假装挠小腿,顺手把U盘拔了出来。他紧攥着拳头,匆忙跑出了保安室。

"嘿,你的烟!"保安不解地看着李川的身影消失在转角。

八

陈澍泽刚走上天台,一个拳头便迎面打来,正中他的脸颊。他脑袋里嗡嗡作响,视野一片昏暗,往后踉跄了好几步才稳住身体。他舔了舔嘴角,有浓重的血腥味袭来。

"嘿嘿。"陈澍泽一边怪笑,一边抹去嘴角的血。

"你这个畜生!"李川怒吼一声,再次扑过来。

这时,门后闪出两个保镖,挡在陈澍泽身前。他们一个架住李川的胳膊,另一个猛地一拳揍在李川的肚子上。李川顿时冷汗

地 火

直流，委顿在地，发出痛苦的呻吟。

"老实点儿！"保安恶狠狠地说。

陈澍泽挥挥手："好了，你们下去吧！"

天台上便只剩下他和李川了。这是恒发集团的顶楼，雄踞高耸，可以俯视整个城市。天色近晚，一轮残阳在天际垂垂欲老，凄艳的晚霞在四周流淌着，看上去像是一张模糊的脸浸泡在血液里。

陈澍泽用手指拨了拨头发，整理好衣领，对着蜷在地上的李川说："你把我叫过来，就是为了打我？"

"我是要杀了你！"李川从牙缝里挤出这几个字。

"这倒是有点儿意思。"陈澍泽把李川扶起来，拍去他身上的灰尘，"想杀我的人很多，能告诉我，你为什么想杀我吗？"

"你还在装！你杀害了怜草，你杀了怜草！"李川大声吼着，声音凄厉，带着哭腔。

陈澍泽脸上笑容更盛，凑近李川，问："你看到监控视频了？"

是的，李川看到了监控视频。

他从保安室跑回家后，把U盘插进电脑，点开了里面的文件。那昏暗的画面立刻充斥了整个屏幕。

9:30a.m.，楼道里空空荡荡。

9:45a.m.，一切如故。

9:57a.m.，一个男人从电梯走进画面。这个男人举止优雅，步履从容，正是陈澍泽。他慢慢来到了李川家门口，按下门铃。在等待门开的过程中，他一边吹口哨，一边向四周看，当他看到摄像头的时候，故意扬起了头，对着摄像头露出微笑——这微笑让李川不由自主地颤抖起来。

一会儿后，怜草把门打开了。怜草似乎很惊讶，张嘴说了句什么，看她的口型，是在问："你怎么来了？"

陈澍泽却没有回答，低下头，不知道在想什么。

怜草又问了一遍。

陈澍泽突然抬起手，扼住怜草的脖子，一把将她推进屋内。房门缓缓关闭，视频画面里再也看不到两人。

看到这里，李川的心咚咚直跳，几乎要跳出胸膛。他握紧拳头，猛地捶了桌子一拳，杯子跳起来，茶水洒了一桌。

过了很久，他才按捺住心情，用颤抖的手按下快进键。画面一帧帧跳过，视频里的时间大概过了二十分钟，李川才看到门又被打开了。

这次看到的，只有陈澍泽。他一边用纸巾擦手，一边走出门，然后在门口站住了，掏出手机打了个电话。他的通话很简洁，不到一分钟就挂了，然后他收起手机，再次抬起头。

他久久地盯着摄像头，眼睛一眨也不眨。

他的脸凝固在画面里，眼神灼灼，似乎透过屏幕在跟电脑前的李川对视着。

| 地 火 ——

李川心里发毛。他和屏幕里陈澍泽处在不同的时空里，但此刻，两人的视线汇聚在一起，仿佛陈澍泽在盯着摄像头的时候，就已经预料到了李川会观看这段监控视频。

画面里的陈澍泽轻轻微笑起来，把手横到脖子下面，缓缓一拉。

陈澍泽消失后，大概过了半个小时，警察们就来了。他们把门砸开，蜂拥而入，几分钟后，一具尸体被抬了出来。

"终于，这个故事要到高潮了！"陈澍泽说，神色里竟有一丝兴奋。

"到现在你还想狡辩吗？"李川红着眼，狠狠地瞪着陈澍泽。

陈澍泽拨开他的指头，摇头道："我没有丝毫想抵赖的打算，是的，是我亲手杀死了罗怜草。现在，我只想知道，你查清楚了我是凶手，然后呢？"

这个问题让李川愣住了，顿了顿，他说："然后……然后我当然要把你绳之以法！"

"哈哈哈哈！"陈澍泽突然大笑起来，似乎遇见了这辈子最好笑的事情。他捂着肚子，双膝跪下，用拳头捶地，笑得几乎快要岔气了。

李川冷冷地看着这个癫狂的男人。一直以来，陈澍泽所呈现出来的，都是儒雅得体、风度翩翩的商界翘楚形象。而现在，他沉浸在他的疯狂里，跪在地上，衣衫狼藉，浑身尘土，与市井流氓一点儿区别都没有。

夕阳完全沉入地平线，黑暗从西方奔腾过来，如潮如浪，淹没了世界。一阵风掠过，在这高空之上，李川感觉到了寒冷。

"好了，我现在来告诉你，你的打算为什么会让我发笑。"陈澍泽站起来，脸上还残留着疯狂的笑意，"你知道那天我离开你家时，是给谁打电话吗？警察局！我告诉局长，我杀了人，让他派人过来。所以他们只过了半个小时就到了你家，但你看，他们是来抓我的吗？他们是来给我擦屁股的！"

"可还有……"

陈澍泽悍然打断他，大声说："我是个商人，商场诡谲，当面笑，背面刀，为了生意能把亲妈卖掉，你以为我挣的都是干净钱吗？我走到今天，积累下的人脉和势力，能把你所有的出路都堵住。"

这个时候，李川才感受到真正的凉意。夜风从他的脖子灌进去，又从腰间溜出，让他通体生寒。

"何况，如果你现在回家，会发现那个 U 盘已经不见了，放在电脑里的备份也被删除了。"陈澍泽不紧不慢地说着，"你前脚走出门，我的人后脚就进了你的屋子，把你的'证据'全部清除了。你放心，他们是专业的，会搜遍你家里的每一条墙缝。"

陈澍泽的身体并不强壮，但他站在夜色里，身体投出的阴影

| 地　火

无比巨大，已将李川完全笼罩住。

"还有很多你不知道的——那个保安跟你告密，是我指使的。那天晚上的饭局，我没有喝醉，我是故意让你扶我回家，让你看到那张照片。你找到监控录像，也是我暗示你的。"暮色里，陈澍泽的脸似乎被黑暗融化了，模糊不清，"你以为你一步步接近真相，但其实，你走的每一步路，都是我安排好的。"

"那你……"李川后退两步，颤抖着手。此时，他的颤抖已经不是出于愤怒，而是因为恐惧。

一种骤然发现自己的生活完全由他人掌控的恐惧。

"我知道你有很多不解，来，现在我来告诉你。这是我最喜欢的环节了。"陈澍泽转头看向远处的沉沉夜色，一字一顿地说，"我之所以做那么多事，只是因为，我高兴。"

李川像看怪物一样看着陈澍泽。夜色更加深沉了，周围的建筑静默着，如同潜伏的巨兽。

"人人都有自己的爱好，而有钱有权到了我这个地步，当然会有点与众不同的爱好。我最喜欢的，是看着别人绝望。只要一看到别人幸福快乐，我的牙齿就会发痒，唯一的解决办法，是破坏别人的幸福。我曾经在街上看到一个快乐的流浪汉，我问他你这么惨为什么还快乐，他说，明天总比今天更惨，所以今天要快乐，要好好享受生活。"

陈澍泽闭着眼睛，脑袋里响起了那个在冬日里笑呵呵的流浪汉。他为什么会快乐？凭什么自己一个几十亿资产的成功人士不快乐，而一个一无所有的人却有资格快乐呢？凭什么！想起这个的时候，他就恨得脸上肌肉抖动，手臂青筋暴起。

"你知道我对他做了什么吗？"

"什么？"李川讷讷地问。

"我花了三年时间来策划，一步步让他'偶然'地成为一家公司的总裁，享尽富贵，受人尊敬，还给他安排了一个美丽贤惠的妻子。然后，一夜之间，我让这一切都消失了，他再次一无所有。

"你知道那个流浪汉的下场吗？他自杀了！"陈澍泽嘿嘿地笑了起来，"你看看，多可笑啊！他曾说要好好享受生活，而一旦他接触了荣华富贵，就再也不肯重归那种处境。当时我就在现场，我看着他把绳子套在自己脖子上，看着他眼珠翻白，脖子被勒断，看着他因身体悬挂而导致脱肛，屎尿流了一地。哦，那是多么美丽的场景啊！我兴奋得不能自已。这种兴奋比钱，比权势，甚至比性爱都更加强烈！从此，我就迷上了这种感觉，像一个导演，把别人当作自己的演员，导出一部部悲剧来。在你之前，我已经有五部这样成功的作品了。"

李川筛糠似的发着抖。陈澍泽儒雅的外表下，是可怕的畸形病态，而自己，已经成了他宣泄控制欲的棋子。

"所以，你现在明白了吧？我刚接触怜草确实是因为生意，但知道你们的幸福婚姻后，我的牙齿又痒了。"他把脸贴在李川耳边，

| 地　火

表情狰狞，语气却温柔无比，"听，听到没有，牙齿的碰撞声？咯咯咯咯，就是这样，它们在告诉我，不能纵容你们的幸福。所以我杀了你妻子，然后成了你的朋友，帮你走出困境，接下来，我又让你一步步发现我是凶手。你失去了一切。对了，还有你的研究，没关系，反正研究已经快完成了，我会找人接手，把你从实验室里踢出去。"

李川惊恐地后退。他叫陈澍泽来，本来是打算当面对质，希望看到陈澍泽害怕后悔的样子。但现在，形势完全反了过来。他被陈澍泽的疯狂和变态威慑住了，内心绝望如死灰。

"我已经说得足够多了，该留下你独自品味孤独了。"陈澍泽把衣冠整理好，走到门口时又停下了，"对了，我杀怜草的时候，她跪在地上求我，说她肚子里有孩子，说她爱你。她说得很动情、很感人，我都差点儿哭了。所以，我勒她脖子的时候，更加用力。"

九

李川躺在冰凉的地板上，呆呆地看着阴暗的天空。

这个夜晚没有星星，只有风在城市的上空呼啸，浓云积压，空气越来越凝重。

陈澍泽之所以把一切都告诉李川，如此嚣张，如此有恃无恐，就是吃定了李川没有丝毫还手之力。而他也有这种资本。他是商界精英，在政坛上也有足够的影响力，挥手成风，覆手遮天，绝对能够俯视一个小小的研究员。

一道枝状闪电划过天际，天地彻亮，万物颤抖。

这一瞬间，怜草的脸出现在云层之下，哀婉凄切，隔着夜空，与李川对视着。

"对不起，"他捂住脸，泪水顺着手指流了出来，呜咽道，"我没用，不能给你报仇……"

一点凉意出现在他额头上，他以为是怜草的吻，但其实是雨。雨来自云层，划破空气，冲刷着这个城市。

无数雨点在李川身上敲击着，他衣衫尽湿，全身冰冷。

"轰隆隆"，一阵惊雷乍响，如同猛兽嘶吼。这雷声比闪电和雨水更让世界战栗，即使雨夜漫漫，即使黑暗无边，总有人能够以昂首吼叫来对抗。

李川浑身一激灵，翻身爬了起来。闪电划过，他的脸上雨水横流，但表情却已经不再是悲伤绝望了。

"如果你以为我什么都不能做，"他咬着牙，说话的声音很小，似乎一出口就被雨水融化了，"那你就错了。"

李川被雨淋后，就感觉到额头发烫，意识有些模糊。但他没

地 火

有去医院,而是挣扎着来到了实验室。

这个消息传到陈澍泽耳中时,他笑了笑,挥手说:"让他做吧,他现在只能靠实验来支撑着活下去了,等完成了再一脚把他踢开。"

经过几天没日没夜的工作,李川终于把实验的收尾工作完成了。在给培养基注入最后一支试剂后,他直挺挺地倒在了实验室里。

李川晕倒了几个小时后,才被进实验室的同事发现,送到了医院。那个同事在出门的时候,那最后一瞥,看到了那棵已经培养成熟的柳树。

但他急着送李川去医院,没有仔细看,否则,他会发现柳树的枝条正呈现出一种诡异的扭曲状态。而地上,布满了断裂的木头。

十

恒发集团赞助的植物学研究取得了重大成果,为了实现产业化,以及谋求合作伙伴,董事会决定举办大型成果发布会。全国数十家媒体都被邀来,很多主流电视台会直播这场发布会。

而这时的李川,已经躺在了重症室,气若游丝,生命全靠营养液吊着。连着数天滴水未进,加上超负荷的工作,以及原本就发烧的身体,他的这场病来势凶猛,迅速掏空了他的身体。

陈澍泽知道重病中的李川肯定会看发布会，所以，他决定亲自主持现场。

那一天，会场里人声鼎沸，观众爆满。陈澍泽站在舞台上，西装革履，笑容满面，轻轻一抬手，整个会场便安静下来了。

"感谢各位百忙之中来到这里，跟恒发一起见证科技史的伟大奇迹。"陈澍泽风度翩翩，背后巨大的全息屏幕轮番投影出人类史上不同时期的伟大发明，科技树开枝散叶，钢铁取代树木，天空海洋全部被占领，忽然，所有的画面定格，巨大的"THE NEXT？"横在中央，"科技给了我们一切，让我们把身上的树叶换成了西装，把石头换成了轿车，把猛兽换成了老婆。"

全场发出哄笑声，咔嚓声不绝，无数镜头都对准了台上这个男人。

陈澍泽满意地点点头，说："现在，容许我介绍本世纪最伟大的科技成果。一百多年来，植物对外界的反应始终是科学界的争论，有人说是应激反应，有人说是情感表达。在这里，我们恒发集团，终于能够荣幸地对这个问题做出解答——植物拥有着不逊于人类的自我意识！"

尽管在邀请函上写明了发布会的内容，但陈澍泽这么郑重地说出来，还是在会场引起了巨大的波澜。议论声此起彼伏，喧哗不绝。

"口说当然无凭。"等窃语声平息之后，陈澍泽打了个响指，灯

| 地　火 ──．

光俱灭，黑暗笼罩。观众仰着头，但等了许久也不见下文，议论声又如潮水般涌起。

"哗"，一道聚光灯倏然罩下，观众们睁大了眼睛，只见灯光之下，是一棵枝叶招展的柳树。它高约两米，十几根枝条垂地，种在一坛巨大的培养基里，在强光下，它细细的叶子呈现出漆黑的色泽，如同被泼上了一层墨汁。

"这就是我们研究出的第一棵被解放了意识的植物。它突破了细胞壁的桎梏，能最大限度地表现智力与感情，而且经过了特殊处理，它的枝条更具韧性。"说到这里，他吹了声口哨，工作人员立刻捧上来一个足球，"在从商之前，我玩过一段时间的足球，几十年了，不知道生疏没有。"他用脚拨了拨球，突然来了个漂亮的勾球，足球腾空，下落时又被他的大腿轮番接住，几十个来回之后才落回舞台。

虽然对他的用意感到费解，但观众还是为他灵活的脚法鼓掌。

"好，来个射门！"话音未落，他抬脚就射，足球呼啸着飞向柳树。不知是他准头不好还是故意射偏，球没有正中，而是以几厘米的距离擦着柳树飞过。

就在观众感到遗憾时，柳树枝条突然动了。它像是长了眼睛一般，枝条扬起，准确地卷住了足球，然后又向陈澍泽掷来。

前排的观众被惊得站了起来，闪光灯几乎连成一片。

陈澍泽单脚接住足球，反踢回去。柳树又用枝条把球扔了回来。就这样，足球在所有人震惊的目光里呼啸，在台上来回滚动。

足足过了五分钟，陈澍泽才翻脚踩住足球，轻轻喘息着说："各位看到了吧？这棵柳树没有眼睛，没有手脚，但聪明而且准确。要是在足球场上，我们派十一棵这样的树出赛必然会赢得比赛。"

这次却没有人哄笑，因为所有人都沉浸在震惊里。

"当然，我们不能忘了为这项发现付出了巨大努力的人，"陈澍泽扬起手，顺着他的手臂方向，一个有些拘谨的年轻人走了出来，"他叫赵唐，是植物学家，正是他多年如一日的钻研，才使得这项发现被世人所知。"

年轻人弯下腰，向观众鞠躬。如潮的掌声弥漫过来，聚光灯罩在他身上，音乐适时地响起，这一刻，无上的荣耀在他身上闪现。

市立医院的重症房里，李川看着电视屏幕上的一切。

画面又跳转到陈澍泽脸上。"你看到了吗？"他对着镜头，用唇语无声地说，似乎在凝视着李川。

李川握紧手里的东西，呼吸顿时急促起来……

"嘀嘀嘀"，床边的报警器响了起来，红灯一闪一闪的。

自己导演的戏终于结束了。

地　火

陈澍泽的手止不住地颤抖，内心兴奋得如同山崩海啸，这种感觉，已经是第六次出现了。每一次都让他欲罢不能。

接下来，他只需要结束发布会，等着李川病亡的消息就够了。李川要是没死，那更好，就让他苟延残喘地活着吧，活在绝望和悲伤的阴影里。

"那么，本次发布会就到这里，各位媒体朋友可以近距离观察这棵……"他的话还没说完，背后突然传来了可怕的呼啸声，仿佛利刃在切割空气。他还没有反应过来，手脚和脖子就已经被什么给绑住了，跟着被拉扯到空中，动弹不得。

现场鸦雀无声，不知道这是发布会的安排，还是出了意外。

陈澍泽的身体缓缓旋转，看到了捆住他的东西。

是柳树。

此时的柳树，如同一个怒发冲冠的头颅，所有的枝条都张开了，其中七八条死死地勒住了陈澍泽。他之前说得没错，柳枝拥有了可怕的韧性，看上去没有手指粗，却能把他举在空中。

几个工作人员感觉到不对劲，纷纷冲上来，但都被柳枝给抽得后退。他们在对讲机里呼叫保安，让他们带刀上来。

柳树丝毫不惧，将陈澍泽越举越高。同时，一根枝条在树干的某个地方按了一下，一阵声响顿时飘荡出来。

"即使你拥有权势，也不能任意践踏别人的幸福。"这是李川的声音，虽然微弱，却坚定如磐石，"即使我一无所有，也能让你付出代价。"

陈澍泽第一次感到了恐惧。

他浑身战栗，牙齿打战，嘴里发出类似呜咽的声音。他没有想到，李川把最后的复仇筹码放在了这棵柳树上。李川算准了陈澍泽会亲自主持发布会，就在那几天拼命工作，给柳树下达了指令。他相当于柳树的父亲，对植物意识了若指掌，做到这一点并不难。

李川放在树干里的录音一结束，柳条就收紧，"咔咔"，陈澍泽清晰地听到了自己骨头断裂的声音。

保安已经提着刀冲上了台。台下一片混乱，记者们举着摄像头，把这一幕拍进了镜头。

原来，他是要当着全世界的面杀了自己啊！

陈澍泽的这个念头还没有完毕，柳条就猛然向外拉张，这一瞬间，他的手脚和脖子都传来了撕裂的剧痛……

这五马分尸的场面当然没有被播出来，千钧一发之际，电视台切进了广告。

但这已经够了。

"谢谢你……"市立医院里，李川缓缓闭上眼睛，眼角沁出了晶莹的泪。

他一直紧握的拳头松开了，一抹翠绿色从手中袅袅滑落。有

| 地 火 ──●

风从窗外吹进来，把这片柳叶卷起，它在空中打转，飞出窗子，飞到了窗外那一片明净的天空里。

尾声

老人把最后一支烟抽完，说："嗯，大概就是这样，你信也好，不信更好。"

"啊？"我已经完全沉浸在故事里，好一会儿才回过神来，"后来怎么样了？"

"没什么后来。怜草死了，陈澍泽死了，李川的病没有治好，也死了。"

"那棵柳树呢？"

"它当然被恒发集团的人毁了。从那之后，政府就禁止了植物意识的研究——我们还没有准备好跟具有自主行动能力的植物在同一颗星球上相处。"

我看了看天色，昏黄的天空下，暮色沉下。几只晚归的鸟在天空掠过，秋风起落，黄叶卷行。

"今天打扰了。"我站起来，同老人告辞。老人摆摆手，倚在树旁，把眼睛闭上了。

我转身离开，许多树叶在我脚下摩挲着。周围的墓碑在一片萧瑟秋风中静默地站立，如同在仰望秋空。

快走出墓园时，我突然想起一个问题：为什么老人会知道得这么详细呢？

转过头，我看到了老人倚在树上的身影。他两鬓斑白，佝偻着身子，一动也不动，似乎在倚树而眠。而柳树光秃秃的枝条轻轻扬起，在老人背上拂过，像是在给予他安慰的老友。

我顿时明白了什么，笑了笑，转身走出墓园。

深处 /阿缺

人类灵魂深处的悲情宿命

地 火

厄勒克特拉和欧瑞斯提兹弑杀生母，犯下有悖天伦的罪孽，也使他们成为复仇女神欧墨尼得斯的牺牲品。复仇女神总是跟着他们，使他们的良心承受着痛悔的煎熬。厄勒克特拉和弟弟只有请求神明的庇护，但即使神明的庇护也不能令他们摆脱复仇女神的追踪。

最后，雅典娜主持法庭。控辩双方争执不下，最终决定通过投票来确定为报父仇，杀死母亲是否有罪。

然而，支持者与反对者人数一致，关键的一票握在雅典娜手中。

——古希腊神话

上篇

一

李川早上出门时，宿管老王问他看过昨晚的新闻没。他正要问错过了什么，看看表，发现已经很迟了。他连忙骑上老式轻轨单车，在离子引擎的轰鸣声中向 C 大疾驶，好歹要在上课前赶到教室。可他一直想着老王说的新闻，讲课心不在焉，底下的学生们更无心听讲，互相窃窃私语。

"出了什么事吗？"李川发现今天上课的气氛格外不对劲儿，放下手里的《动力地质学原理》，问道。

一个男生站起来，说："老师，你知道昨晚的新闻吗？"

地　火

"这跟我现在讲的课程有关系吗?"

"有的!"男生说,"昨晚发生了一场地震,却没有一个人伤亡。"

"这不奇怪,地球从来都不是安静的,平均每年会发生五百多万次地震。其中绝大多数都很轻微,甚至人们都察觉不到,更别说伤亡了。"李川皱起眉,"这是基础知识,你们大一就应该学过。"

"可是,这次地震有8.5级,震源在美洲大沙漠。"

"这倒是不正常了,那里并不是地壳活跃带,而且地震级数也太大了。"

男生的脸涨红了:"还有更不正常的地方!当地政府派直升机去查探,地面上到处是裂开的口子,驾驶员是中国人,他往下一看,发现裂缝居然组成了一行汉字,您看……"他把折叠手机递过来,屏幕翻转成十几寸,上面清晰地显示出一幅航拍的震后地表图。沙漠不再平整,布满纵横交错的深褐色裂缝,如同被揉过的旧纸片。李川眯起眼睛,发现较粗的裂缝互相交合,看上去确实像是几个汉字。

"请……你……们……"李川仔细辨认,轻声念道,"请你们离开我?"

"是啊,只要是识字,都能看出这一行字。太离奇了!超级地震出现在地壳稳定带,震后留下六个汉字,现在网上都在说这事儿……听说您收集了很多关于地震的资料,那您对这个是什么看法?"

李川放下手机,说:"谁告诉你我收集地震资料的?"

"其他老师都这么……"男生刚要说,发现李川的脸色已然变了,沉郁得像要下出雨来。男生突然想起,跟他说这事的老师在说完后,还补了一句:"他可怪得狠,三十好几了还一个人,下班后就回宿舍研究地震,没几个朋友,还得罪了副院长,恐怕要永远倒霉了。"后面的话就吞进肚子里了。

下课铃声适时地响起,学生们一阵欢呼,纷纷离座。李川沉着脸,默默转身去收拾教案。男生有些尴尬,他是学生会干部,跟院里很多老师关系都不错,却独独对李川不熟悉。李川仿佛游离于众人之外,活在自己的世界里,留下的永远都是这样孤独的背影。

二

下了课,李川走向办公室,还没进去,就听见同事们也在讨论地震的事情。

"要我说啊,这多半是巧合。我们都知道地震是地球能量的释放,放出来了,肯定会破坏地表。那么多裂缝,横横竖竖的,你要是有心,肯定也能找到别的汉字组合。"

"哪有这么巧!你看,这六个字的裂缝宽度几乎是相同的,所以才能一眼认出来。还有,这个'离'字,看上去甚至像是楷书。"

"小陈,你的意思是,这是人为的?"

地　火

"我可没这么说。这事儿啊，嘿嘿，你得问李老师，我听说他家里的地震资料，光纸质的，摞起来就有半人……"小陈突然看到周围的同事向自己眨了眨眼睛，赶紧闭嘴，转过身，果然看到李川面无表情地走了进来。其他同事跟李川打招呼，他逐一回应，但没说话。

办公室里一下子安静了。

正尴尬着，陈副院长走进来，环视一圈，说："今年评职称和分房子的名单出来了，你们上学院主页看一看。"说完，他看了李川一眼，转身出去。副院长有自己的办公室，只有普通讲师才挤在这间狭小的屋子里办公。

老师们立刻回到办公桌前，接着，欣喜的声音不时响起。有人分到房子，有人评上职称，小陈就是后者。

"恭喜啊，你评上副教授，可以有自己的办公室，这下舒服了吧？"恭维声里带着明显的酸味。

"其实我挺喜欢这里，办公室空荡荡，怪寂寞的。"话虽这么说，小陈却满脸得意。

没人注意到，李川正木然地看着电脑屏幕。名单上没有他。其实论资格和业绩，他都比小陈要好——他二十七岁地质学博士毕业，然后直接任教，学生对他的评价很高。但他现在三十四岁了，还是一个普通讲师，窝在寒酸逼仄的教职工宿舍里，年年的职称和房子都落到别人手里。

这一切，都是因为他得罪了副院长。刚才副院长离开时看他的那一眼，分明带着鄙夷和嘲笑。事情很简单，几年前一个男生经常旷课，考试一塌糊涂，副院长打招呼，说男生是他侄子，要出国，让李川放一马。但李川觉得这样做对其他学生不公平，就没让那男生及格。男生出国的事情泡了汤，李川的好日子也到头了，只要陈副院长在一天，小鞋儿就永远穿不完。

好不容易熬到下班，李川骑车回宿舍，半路下起了雨。轻轨单车年头太老，被雨水浸了，引擎"突突"地响了两声就熄火了。李川的愤懑在这一刻爆发了，他狂叫一声，把车狠狠掼在地上，使劲儿用脚踩。路人用诧异的眼神看着他。

发泄了几分钟后，他冷静下来，推着车在雨中艰难前行。雨越下越大，城市笼罩在蒙蒙水雾里。等到了宿舍，李川已全身湿透。他胡乱擦了几下身子，就坐在电脑面前，开始查新闻。

几个门户网页的头条都是关于这场地震的。"浩大地震袭沙漠，神秘汉字显迷局"之类的标题耸人听闻，他扫视几行，内容大同小异，便直接点击到讨论区。

讨论的人很多，主要观点有两种。一种是巧合说，认为裂缝的组合只是恰好符合汉字笔画而已。另一种是人为说，说是中国人发明了大规模地质武器，想夺取美洲土地。两派人争执不下，前者骂后者被"中国威胁论"吓得草木皆兵，后者则对前者的鸵鸟心态表示不屑。

地 火

此外，还有一些想法也得到了不少人的支持，比如这是外星人的杰作，或是末日的征兆，即玛雅预言推迟了五十几年后的重新降临。

网上的讨论逐渐变成谩骂，李川关了电脑，走到阳台。天色已晚，雨声不绝，路灯在雨中被淋成了模糊而昏黄的一团光。雨声中隐隐传来了哭声，李川循声望去，看到一个五六岁的小女孩站在角落里，抹着眼泪，放声大哭。

"妈妈……妈妈，你不要我了……"女孩边哭边喊，声音透过雨幕，稚嫩而委屈。李川认识这个女孩，她住在楼上，格外调皮，经常惹父母生气。眼下，肯定是又犯了什么错，不敢回去，只能靠哭声来求得原谅。

果然，没过几分钟，她的妈妈就出现了，拉着她回家。妈妈余怒未消，寒着脸，也不说话。

"妈妈，我再也不敢了。"女孩小声说。

妈妈缓和了一下脸色，说："你要是再弄坏家里的东西，我就把你赶出去。"

女孩连忙把头点得跟小鸡啄米似的。

看着这对母女走进楼道，李川笑了笑，也转身回屋。雨顺着屋檐滑落，滴到他头上，头皮一阵冰凉。他突然浑身一震，刚才听到的对话在脑袋里一遍遍回响，由微至强，不啻惊雷。

他猛一拍脑门，跑回卧室，从书柜里搬出一大摞资料，上面都画满了红红绿绿的标注。他几乎把脸贴在资料上，仔细地凝视着，脸色越来越凝重。

这一夜，他通宵查阅，资料撒了满地。接下来的整个周末他都窝在家里，电脑连着开了几天，在浏览器访问记录里，"地球""生命""环境"是出现频率最高的几个词。

几天下来，李川的身体开始吃不消，加上之前淋了雨，他终于病倒了。

三

李川拖着病体来到学校，发现办公室没人。问保安才知道，学校办了一场地震知识普及讲座，主讲人是副院长，所以老师们都过去捧场了。

等李川赶到演播厅，副院长已经讲到了尾声："……地球内部充满了巨大的能量，释放出来，板块活动、地表破裂，这都是正常现象。至于最近闹得沸沸扬扬的什么地震写汉字，大家不要惶恐，也不要乱猜，这多半是某些人为了制造噱头弄出来的。"

接着是学生提问。一个戴眼镜的女生举手说："可那怎么能弄出来？有人说这是地质武器，但就目前的技术来说，根本不可能。虽然现在科技很发达，太空技术已经成熟，深海探测也日趋完备，但对于脚下的这片土地，我们仍然知之甚少。"

地 火

"我举个例子吧,你知道麦田怪圈吗?"副院长说,"最开始的时候,人们也对它很不解,认为只有外星人的飞船才能做到。但事实上,那是当地人为了吸引人来旅游而搞出来的名堂,制作很简单,只需要木杆、绳子和板,还有魔术。看的时候觉得很神奇,但一旦揭开原理就什么都不是了。这次也一样,虽然我不知道是谁、是怎么弄出来的,但只要同学们保持一颗求知探索的心,谣言就会不攻自破!"

最后几个字的声音很大,响彻厅堂。老师们心领神会,带头鼓掌,学生也纷纷拍手。副院长满意地点头,等掌声弱了,拿着话筒道:"那今天的讲座就结束了,希望同学们听了之后,能有一定的收……"

"您说错了,这次地震没有那么简单!"

所有人的头同时转向,无数道目光汇聚到角落里那张惨白的脸上。

"是李老师啊!"副院长笑了笑,温和地说,"那你有什么高见呢?"

李川往台上走去,眩晕使他的步子有些飘。途中,一个老师起来给他让路,错身而过的时候,低声对他说:"算了!就算名单上没你,现在也不是闹的时候,私下里再说。"

但李川没理会,踉跄地走到台上。"这次地震……"他深吸口气,脑袋里的嗡嗡声小了些,"美洲沙漠下的地壳很稳定,不应该突然发生这么大的地震,震后的裂纹不但组成汉字,而且这些汉字还排列成了有明确意义的一句话。世上没有这样的巧合……"

"跟我说的一样嘛,是有人故意而为。"

"是故意而为,但不是人类。"李川摇头道。

台下响起一阵哄笑,已经有学生拿出手机来拍照了。副院长脸上笑意更浓——这可是李川自己要上来当众丢脸的,怪不得自己。他饶有兴致地问:"李老师,你的意思是,这次地震真的像网上所说,是外星人干的?"

不料,李川依旧摇摇头:"除了外星人,地球上还有其他智慧生命。"久病带来的眩晕感越发浓了,他不得不靠咬舌尖来保持清醒,"是地球本身。"

哄笑声逐渐消失。副院长愣了一瞬,冷声道:"荒谬!"

"这个想法脱胎于洛夫罗克在 20 世纪中叶提出的盖亚假说。地球本身就是生命体,是具有行星尺度的巨型智慧生物。这近似于狂想的理论被无数人嘲笑过,但我查资料,发现越来越多的事实证明了这一点。最典型的是,太阳系中只有地球处于不冷不热的状态,适宜生物生存。"

"那是因为地球恰好处于与太阳恰当的距离上,适宜的温度加上充足的水分,使生命得以繁衍。"副院长心里隐隐冒出不安的感觉,决定结束这场闹剧,"李老师,你身为师长,任何猜想都要在科学框架内,不要把盖亚假说这种神棍学说摆上来!好了,现在……"

| 地 火 ──

李川打断他,声调猛地拔高:"但与地球相比,金星和火星都离太阳更近,为什么前者热而后者冷?尤其是金星,化学性质和体积都与地球相似,表面温度却高达四百多摄氏度。所以,距离并不是决定温度的原因。"

"那……"副院长顿了一下,"那是因为金星表面有大量的二氧化碳,包裹住了星球,形成了一种'超级温室效应'。"

"是的!"李川似乎就是在等这句话,他转过身,目光炯炯地看着底下的学生,"在地球形成之初,大气内的二氧化碳浓度也高达98%。但这并没有使地球变成跟金星一样的蒸笼,而是逐渐转化为适宜生命发展的乐土。这种负反馈的调节方式是极其精准而宏大的,很难说不是地球有意而为之。除此之外,辐射加剧而地球恒温,永不停止的地壳运动,这些都在向我们展示地球的生命特征。我们是地球养育的子女,生活在它的表皮上。"

副院长怒极反笑:"好,就算地球是生命,有智慧,养育了我们。但我问问你,既然它是人类的母亲,那为什么它现在要让我们离开?"

"如果我身上寄生了细菌,我也会用药来杀灭它们。相比起来,地球已经很温和了。"

"笑话!你竟然把人类比作细菌?"

"对,人类不是细菌……"嗡嗡声在脑袋里越来越响,李川晃了晃,差点儿跌倒。他掐着手指,咬着舌头,视线却越发模糊。

他的声音近乎嘶喊，"事实上，人类连细菌都不如，人类是病毒！只有病毒才会无休止地扩张，疯狂掠夺资源，破坏母体的健康。我查过，自工业革命以来，环境的恶化几乎呈指数增长。到了现在，57%的水体被污染，61%的森林被砍伐，这是我们母亲的血液和皮肤啊！臭氧层几乎全部消失，我们制造的垃圾可以填满黄海，地球已经承受不了，就像母亲不能再忍受调皮的孩子一样……"

他的声音在回荡，台下一片寂静。

"现在，母亲要抛弃我们了。"说完，李川眼前一黑，倒在台上。

工作人员连忙来扶他，学生们散去。回去后，有人把这段激烈辩论的视频传到了网上。

四

李川在医院里待了半个月。出院时，看着账单，他犯了难——医保可以解决一部分，但剩下的依然够他呛。本来讲师工资就不高，加上他把钱都花在了购买地震资料上，或是飞到地震现场考察，没有攒下一分钱。这也是他一直单身的主要原因。

他想了很久，能借到钱的，竟然只有宿管老王。

老王到医院把他接了回去，付账时叹息了一声，说："好歹是大学老师，怎么混得这么惨？"李川苦笑一声，没回答。

| 地　火 ——．

生活继续着。他回教室上课，在办公室里办公，似乎什么变化都没发生。唯一变化的，是人们对他的态度。原先还有同事跟他打招呼，现在他进办公室，没有一个人抬头。

看似平静的海面下，往往酝酿着滔天巨浪。一个月后，李川接到通知，他需要重新接受教师资格考核，停薪留职，等待院领导做进一步研究。

这肯定是副院长在捣鬼，李川清楚，但毫无办法。收拾东西时，同事忍不住说道："李老师啊，你不要犟了，去求求副院长，说你不是故意的，那天是发高烧了说胡话。你要是什么都不做，肯定凶多吉少。"

李川在门口停下了，但没有转身："迟早有一天你们会知道我说的都是正确的。那个时候，整个人类都要依靠我。"

回去后，李川只能在老王那儿蹭饭了。老王倒是豁达，唯一的要求是让李川陪他下棋。李川正愁时间没处打发，每天搬个板凳，和老王在棋盘上厮杀不休。

"你怎么一点儿都不着急啊？我老得半截身子骨都埋土里了，耗时间无所谓。"这天，老王又下赢一局，却没急着重新摆棋子，"但你不同，你得为以后打算啊！要是真被开除了，以后怎么办？"

"你是不是怕我老是赖吃赖喝啊？"李川把棋子摆好后说道，"放心，欠你的钱我肯定能还上。这局我先走，就不信赢不了你！"

见李川满不在乎，老王也就不再说什么了。

有时，他们还去钓鱼，钓到了就熬一锅汤，整栋楼都能闻到鱼香味。每次钓鱼结束，李川都不急着走，怔怔地看着落日在水面铺出点点碎金，看着波光渐隐，看着暮色逐升。只要老王催他，他就会幽幽地叹口气，说："再多看一眼吧！很快就看不到了。"

半个月后，一场罕见的地震在芝加哥爆发，整座城市陷入地下，两百多万人丧生。这是人类史上最严重的自然灾害。

正当全球处于悲恸中时，人们惊愕地发现，已经从公众视野中退出的美洲大沙漠上，那行汉字发生了变化，巨大的沟壑组成了另外的句子——"请你们离开我。我无意伤害，但如果你们还不启程，会有更多的城市消亡。"

"现在所有的报纸都在报道这事。已经没人相信是巧合了，大家全在猜到底是谁干的。"老王照例买了份报纸，一边看，一边啧啧称奇。

李川接过来看，硕大的标题映入眼帘："谁为两百万亡魂的控诉负责？"报道详尽描述了芝加哥的惨状，并引用了美国政府的声明："无论是谁，哪个组织，甚至是哪个国家，只要我们查出来，必定会让其付出惨重代价。"另外，已有十几个恐怖组织宣称对此事负责。

李川翻了几页，果然都是类似报道，只有尾页用小篇幅报道了其他事。

"要搁往常，这事一定能上头条，但现在……"老王叹息一声，

地 火

摆好棋局,"来来来,今天看你能不能赢过我。"毕竟芝加哥远在另一个半球,老王只关心眼前的事情。

没下多久,李川就露出败象,丢了一马一炮。轮到他了,他拿起车,却迟迟不敢落子,盯着棋局思考。老王稳操胜券,也不急,乐呵呵地晃着腿。

这时,一辆黑色豪华车滑行进来,停在院子里。两个脚踩皮鞋、头戴墨镜、一袭黑西装的男人从车里出来。他们径直走过来,问:"你是李川博士吗?"

"我就是。"

"我们需要你的协助。"

"我知道,我一直在等。"李川点点头,又转头对老王道,"这些日子谢谢你。我屋里的东西不要了,全部送给你,虽然不多,但够我欠你的钱。"说完,他跟着西装男人上了车。车子刚离地,他又把脑袋伸出窗子:"对了,这局棋要下完。我下一步是把车沉底,你肯定会用马回防,然后我就摆炮。那接下来,我在五步之内就能赢。"

直到车无声而迅速地远去,老王才反应过来。他按李川说的步骤摆棋,发现自己果然露出了破绽,五步必死,绞尽脑汁都没有解法。

"臭小子!"老王扔了颗棋子,喃喃骂道,"原来是扮猪吃老虎。"

五

李川并不是唯一被邀请进这间会议室的。

很多人走进来,他只认识其中少部分——都是国内地质学的顶尖人物。他知道自己本不够格参与这次会议,但他与副院长激辩的视频在网上很火,拥有不少支持者,所以也受到了政府的邀请。

"你是李川?"一个苍老的声音传来。

李川往后看,发现一个满头白发但精神矍铄的老者,正微笑地看着他。他疑惑地问:"您是?"

老者说:"我姓钱,是代表中科院来主持会议的。我看了你那段视频,很好,年轻人就应该敢想敢说!"

正说着,人陆续到齐,会议开始了。钱老拍拍李川的肩,走到会议桌前,满屋子的议论声安静下来。

"各位都是在地质学领域有声望的人,想必清楚这次地震的始终。我就不多说废话了。"钱老说着,身后的全息影像浮现出几行字,"关于地震的猜测,目前主要集中在巧合论、外星人论、地质武器论和母亲弃儿论上面。这次会议,就是要综合以上可能性,商量出各种应对方案。"

所有人都点头。

"那我们逐一讨论。在座支持巧合论的有哪些?"

地 火

零星有几只手举了起来。巧合论本来是最主流的观点，但芝加哥在地震中被摧毁，同时汉字再次改变，使得这个理论失去了大部分支持者。

既然假定为巧合，就不必讨论方案了，议题很快跳到外星人论上。支持这个观点的人多了些，方案是一方面加强防卫，另一方面发出信号，争取与潜藏在地球上的外星人取得联系。

支持地质武器论的人最多，认定是某些组织掌握了先进技术，能驱动地壳移动，制造恐怖的人为地震。这样的话，就需要联合处理，科学家查出地质武器所在，同时警方加大反恐力度。

"现在，就剩下最后一个观点了，母亲弃儿论，谁赞同？"

整个会议室，只有李川举起了手。周围的人诧异地看着他。

"各位，他叫李川，是C大地质学院的讲师。"钱老介绍道，"是他提出了母亲弃儿论。"

李川站起来，点头致意。

钱老问："那你对此有什么建议？"

"我们要与地球对话。"

周围的人本不屑区区一个讲师出风头，闻言更是摇头，讥讽道："地球妈妈的家里不会装了电话吧？"

李川面色不变，说出了自己的主意。

"荒谬！胡闹！"会议室里顿时闹哄哄的，像一锅沸水，有人摇头，有人冷笑，有人嚷嚷，"地质学的资格可不是靠网络点击率获得的。在小学生课堂里,我听到这种话会觉得想象力不错,但在这间房子里,我只有四个字——不学无术!"

钱老把这次会议的讨论结果报了上去,除了最后一个方案,其余全部通过。于是,所有波段的信号都发射了出去,以向外星人表示友好;地质学家研究土样,试图找出人工地震的痕迹;情报人员在全球穿梭,恐怖组织被逐一端掉……

这个过程中,东京在地震中化为废墟,美洲沙漠的汉字再度变化。于是领导们重新翻出报告书,揉了揉太阳穴,问钱老:"这么干真的可以吗?"

"只能死马当活马医了。"

"啪"!计划书的最后一个方案被盖上了红章。

翌日,一条招募信息在全国各地电视台滚动播出,并占据互联网的所有头条。一周后,三百万应召而来的人们齐聚华北平原,在专人指挥下,有序地站成"你是谁"三字阵型。他们都背着沉重的铁块,同时起跳,大地因其颤动。

两个月后,一场地震在华北平原爆发,直升机俯视大地,十几个汉字赫然显现——我是地球,孕育人类的母亲,满目疮痍的生命。请你们离开我。

为何要驱逐我们?

我受到损坏太重,需要休养。

地 火

可地球是我们的家园，除此之外，我们无路可去。

不，宇宙才是生命茁壮的舞台。你们去往宇宙，不要逗留。

我们会悔改的，环境在恢复。

太晚了，十年后我将引发全球地震，尔后，是长达数万年的冰川时期。

我们还没有能力使所有人都登上宇航舰。

请再给我们一次机会。

您还在吗？

请回答我们。

六

李川回到 C 大的时候，已经是四年后了。

与地球的对话很耗时，一次问答就需要两个月。刚开始，各国都在组织人民跳跃沟通，地球逐一回应。人们渐渐了解了这个具有行星尺度的生命体——地球类似于单细胞生命，大气层、水体、岩层分别对应细胞壁、细胞液和细胞核，它的信息采集及思维运算都集中在地心。此外的很多细节，还属未知。

但到了后来，当所有人都恳求能继续留在地表时，得到的回答就是一片沉默了。沉默意味着坚决。每隔一段时间，地震就会毁掉一座城市，以示督促。无奈之下，各国只能全力制造舰艇，准备进行外空间移民。李川顿时清闲下来，便跟钱老请了假，回 C 市看看。

正值深秋，枯叶在萧瑟的风中发抖，空气又干又冷。他缩着脖子来到职工宿舍，发现宿管已经换成了一个女的。

"你问老王啊？他收拾东西回老家了。现在都在分配移民名额，他说年纪大了，就不去争了。他还说，他母亲过世之后，就以为没有亲人了，现在发现还有个地球妈妈，想趁晚年多陪陪——虽然这个妈妈要赶我们走。"

李川怅然若失地听完，正要转身离开，妇女又迟疑着问："你是那个地质学家吧？我在电视里见过对你的采访。多亏你了，不然我们永远都不知道脚底下这片土地是活的……"

李川在校园里漫无目的地走着，银杏树光秃秃的，路上人很少。叶子在地上滚动，整个校园一片荒凉。

"李老师。"身后突然有人叫他。

称呼已经有些陌生了，但他记得这个声音。他转过身，果然看到陈副院长小跑着过来，脸上满是殷勤而胆怯的笑。

"是副院长啊！"李川故意把声音拖得很长，"这可真是稀奇，您居然跟我打招呼了。"

"你是学校的骄傲，应该的应该的……"

"怎么会呢？我记得我都要被学校开除了，我想您都不会跟别

地 火

人提起我，嫌丢人吧？"

副院长欠了欠腰，连连摇头，头上几缕白发在秋风中抖动。李川愣住了：这两年来，他想过很多羞辱副院长的办法，但现在，看到对方唯唯诺诺甚至略带佝偻的样子，他竟生不起气来，仿佛过往一切都烟消云散。

他叹了口气，说："你有什么事吗？"

副院长犹豫了一下："我想求你件事。我儿子一家三口，申请了几次都拿不到移民名额。现在你是名人，有影响力，能不能帮我弄三个名额？"

"只要三个？你呢，不走吗？"

"我本来就是该退休的年纪，估计活不了十年。我以前是不地道，得罪了你，但毕竟共事一场……"

李川点点头："我会想办法的，你放心吧！"

"你……"副院长一愣，他事先想了很多说辞，低声下气也能忍，却没想到李川这么轻易就答应了。

"当整个人类都要被驱逐时，个人恩怨实在是微不足道，以前的事就算了吧！"李川望了望昏黄的天空，无数星辰隐在那背后，却看不到，"不过，就算在太空生活，也不容易。我们还没有找到适宜居住的行星，只能在宇宙中流浪，那会很寂寞的。"

副院长哆嗦着，深深鞠了一躬，哽咽道："不管怎么样，能活下去就好。"

是吗，只要能活下去，哪怕无家可归，哪怕永远流浪，也是值得的吗？李川怔怔地想，直到脖子仰得酸了，也没想出答案来。

几只大雁在半空掠过，叫声格外寂寥。

辞别了副院长，李川爬到教学楼顶，风倏地变大，衣摆猎猎鼓荡。他坐在栏杆上，看着天色渐暗，看着华灯初上，高大的建筑在黑暗里站成模糊的巨人。这才是人类能够生存的环境。而一旦移民到宇宙，等待人类的将是一片未知，或许文明之火会熄灭在那无边无际的虚空中。

他在楼顶坐了很久，也想了很多，深夜时才站起来，掏出手机拨通了一个号码。

"钱老吗？"他哆嗦着，声音在寒风中飘忽，但无比坚定，"我想到了一个办法，可以让人类留在地球上。"

地 火

中篇

一

"快出来!"

话音未落,破损的承重墙在余震中轰然倒塌。汤姆的心顿时被揪了起来。所幸灰尘弥漫中,一个人影迅捷地奔出,脸上满是尘土,怀里抱着一个昏迷的男孩。

"要是迟一秒钟,你就被埋在里面了!"汤姆心有余悸,大声呵斥,"看在上帝的分上,你不能再这么冒险了!"

"下次不会了……"那人微微喘气,胸口起伏。那是个女人,她短发齐肩,满脸尘土遮不住面容的清秀,是典型的亚裔面孔。

"见鬼，南宫，你上次就是这么答应我的！"

"以后再说吧，这孩子失血过多，你赶紧把他送到医院。"南宫璇把孩子递过去，蹲下来，深吸好几口气。刚才她一听到小孩的哭声，就奋不顾身地冲进危楼里，现在回想起来，才后怕得心脏狂跳。

休息了一阵，南宫璇站起身，环视四周。

这是震后的哥本哈根。它曾被誉为全球最美的城市，现在却以一种令人触目惊心的姿态展现在世人眼前：大地像是被成群巨兽踩躏过，沟壑密布，裂缝纵横，建筑物密集倒塌，视野里只剩一片苍灰，以及零星的救援者。

余震未消，脚底还能感受到隐隐的脉动，南宫璇知道，这是地球母亲的呼吸。

略带咸味的风从波罗的海刮来，在废墟中穿梭，像是呜咽，又像是一曲哀歌。

休息好后，她匆匆赶往医院，得知那男孩叫拉穆斯，十岁，被埋了九天，是靠吃死老鼠和喝尿活下来的。他的腿被压住，血管阻塞，即使截肢也不能保证脱离危险。

"疼吗？"南宫璇看着病床上的男孩，心疼地说，"不过你真坚强，很多大人都撑不了这么久！"

"我的爸爸妈妈呢？"

南宫璇心里一抖，脸上挤出笑容，说："放心，他们被救出来

地 火

了，在别的医院，等你伤好了他们就来接你。"

拉穆斯的脸十分苍白，金发耷拉着，咳了几声。他似乎有些累了，慢慢闭上眼睛，眼角却滑出泪。

"你先休息，姐姐会再来看你的。"南宫璇俯身亲吻他的额头。

"他们是不是死了？"

南宫璇浑身一颤，喉咙顿时哽咽了。她不知道该说什么，长久地沉默着。拉穆斯也没有说话，他的呼吸逐渐均匀悠长，终于睡着了。

接下来的日子里，南宫璇白天在废墟里寻找幸存者，晚上就来看望拉穆斯。

地震过了十几天，搜救希望越来越渺茫，停尸场上的尸体已经摆不下了，为防瘟疫，尸体来不及确认就聚堆焚烧。整个城市弥漫着令人压抑的气味。

拉穆斯是个天使般的男孩。他睡着时脸庞天真无邪，醒来后眼睛清澈明亮，金发柔软，眼神安详。这样的男孩简直无可挑剔——除了他的两腿被截掉之外。

他很快从失怙和残疾的阴影中走了出来，他很喜欢南宫璇，总黏着她。在纯净笑容的感染下，南宫璇心中的郁闷一扫而空，跟他讲述着自己参加救援组织的见闻。

"姐姐，你救过多少人啊？"一次，拉穆斯枕着南宫璇的腿，睁大眼睛问。

南宫璇一边捋着拉穆斯的头发,一边回忆:"七十五个。因为每救一个,都代表一条生命不必消失。或许这对整个人类来说微不足道,但对当事人很重要,所以我记得很清楚。不过,每次地震就有成千上万的人死去,我能做的还是太少。"

"我听说,地震都是因为我们做错事了,地球生气了,在催我们离开。他们说地球是人类的母亲,死了那么多人,地球妈妈就不心疼吗?"

"地球是另一种生命,思考方式跟我们不同。"南宫璇努力想着简单的说辞,"比如你犯错了被体罚,妈妈打你屁股,她不会下狠手,但你屁股上的细胞肯定会死几个。地球也不想伤害整个人类文明,但要惩罚,就顾不得个体伤亡了——我们就是屁股上小小的细胞。只要不对整个人类文明造成致命伤害,地球是不会在意的。"

拉穆斯似懂非懂,想了好久,才撇着嘴说:"我妈妈才不会打我屁股呢,她可疼我了!"

几天后的晚上,南宫璇刚从医院出来,就看到了站在墙角抽烟的汤姆。火光在黑暗中明灭不定,照得汤姆粗犷的脸也一闪一闪的。

"怎么了,有事找我?"

汤姆深吸一口烟,吐出烟头,踩灭:"这里的搜救工作基本上结束了,所以,救援队打算去莫斯科——今天早上,那里发生了

| 地　火 ──．

地震。"

"好的,我这就收拾东西。"尽管舍不得拉穆斯,但想到还有更多人需要专业救援,南宫璇便立刻点头,"我们明天什么时候走?"

"不是'我们'——你不用去。"

"为什么?"南宫璇愣住了,"是不是因为我每次都冲进去救人?我发誓,以后一定听你的指挥!"

"不是的,你有更重要的任务。"汤姆拿出一块晶片,晶片四周立刻翻转扩展,延伸成 A4 纸大小的显示屏,上面流水般显示出南宫璇的资料,"这是我给你写的推荐信,已经被北京方面通过了,他们同意你过去参加应征谈判员的面试。"

"谈判员?跟谁谈判?"

"跟地球。"见南宫璇一头雾水的样子,汤姆耐着性子说,"你可能没看新闻。是这样的,前不久,中国决定实施一个让人类继续留在地球上的'SP 计划'——拯救人类。计划的内容是派人到地心去跟地球谈判。本来所有人都觉得这很荒谬,但提出这个想法的人叫李川。正是他想到了母亲弃儿论,还提议用脚踩地面的方式跟地球交流——刚开始这两个想法被人们视为荒诞的,但事实证明他都对了。他说,地球本可以轻易毁掉人类,但还是不嫌麻烦地警告和催促,说明地球对人类还有感情。"

南宫璇用心听着,点了点头。

"踩地面来沟通太耗时,主要是因为震动这种信息传递方式太慢,而地球的思维中枢在地心。到了那里,直接跟地球说话,就相当于省去了反射弧,会快很多。最重要的是,"汤姆把手按在南宫璇肩上,郑重地说,"到了地心,让地球亲眼见到我们,看到它的子女们,或许它就不会赶我们走了。就像这个世界上所有的母亲一样。"

"那为什么要推荐我?你才是队长,一手创建了这个人道主义组织。"

"你是最适合的。中国方面的要求,是懂谈判,会说汉语,地质知识过硬,而且,还要是女性——善良的女性。你是中国人,有心理学博士资格,参与过地质调查……至于最后一点,我可以向上帝保证,你绝对符合!"

南宫璇说:"可是,我想跟你们一起去救人。"

"听着,南宫,现在航天技术虽然跟五十年前相比有很大进步,但想在十年内把所有人转移到太空中,是不可能的。最多只有一半人能进行星际移民。这意味着,六年后,有接近四十五亿人会死。所以,你要去应征,那样你会救更多的人。"

黑暗中,汤姆目光灼灼地看着她,即使隔着衣服,她也能感受到皮肤上的炙热感。

第二天,跟拉穆斯道别后,南宫璇登上了飞往北京的客机。

地　火

二

刚出机场，一股沙尘便迎面扑来。南宫璇一手捂鼻，一手招了辆出租车。

司机一边开车一边喋喋不休："北京这地儿，现在还没出啥事，可保不准什么时候就给震没了。嗨，你说这叫什么事儿，住得好好的，突然要被赶走！"

南宫璇没搭话，望向车窗外。外面是北京昏黄的天空，几丝旧棉絮一样的云耷拉在空中，没有一只鸟儿。

车子驶上二环，一路朝地质所开去。南宫璇问："这里怎么不堵车了？"

"这是什么地方？"司机用鼻子喷了口气，"怎么说也是京城！多少有钱的、有权的！移民的名额一放出来，怎么说也得先顾着咱北京人。人一走，地儿也就空了。"

"是吗，那你怎么还留着？"

司机顿时闭上嘴，好半天才嗫嚅着说："我……过阵子我也是要走的。"

南宫璇不置可否。就算有北京户口，也不是所有人都能移民，但她没说出来，开始闭目养神。

到地质所的大院后，她行李都没放下，就按照标识进入大厅去办手续。让她吃惊的是，大厅里居然挤满了人，各色人种都有，闹哄哄的。工作人员手忙脚乱地维持着秩序，让大厅里的人排队。

等到南宫璇排到队前，已经是一个多小时后了。她把证件递过去，工作人员扫描了一遍，点点头："嗯，有你的记录。来，拿着这个挂牌，三天后到这里接受考核。"

"好的。"南宫璇把挂牌接过来，又问，"那我这几天住哪里？"

"哦，来应征的人实在太多，我们包下的宾馆、酒店都住满了。你在北京有认识的人吗？"

"没有。"

"那你得自己想办……"工作人员漫不经心地说，突然看到屏幕上南宫璇的推荐信，一脸惊讶，"你是救援队成员？汤姆·帕克的救援队？"

南宫璇点点头。

工作人员顿时对眼前这位风尘仆仆的女子肃然起敬："你们都是好样的，无偿救援灾区，我在电视里面看过对你们的报道。"顿了顿，他打开抽屉，"一个高官的老婆也来应征，这张房卡是给她预留的。来，你拿走。"

南宫璇到了酒店，放下行李，立刻给哥本哈根医院拨了电话。医生说拉穆斯的病情并不乐观，腿部断口有恶化的趋势。但当电话被交给拉穆斯后，她还是听到了爽朗轻快的声音，仿佛病魔并没有在这个少年的天空里掺入一丝阴霾。

| 地 火 ──●

"姐姐，你要加油，你一定能选上的！"拉穆斯在电话里肯定地说。

三

第一轮考核是笔试，内容无所不包，地质学、历史学、文字学……光试卷就有十几页。地质所严格按分数筛选，来应征的数千人中，留下的只有一百人。

看到名单上有自己的名字，南宫璇松了口气。接下来的五天都没事情，她打算好好游一下北京。

天空依然昏黄，像一张在古旧岁月里粗糙泛黄的纸。北京这座古城笼罩其下，也带着时光磨砺后的苍凉感。这趟游玩并不尽兴，南宫璇到香山，只发现一片枯败；上了长城，满眼都是黄沙尖啸的场景；而名满天下的天安门广场，也因行人寥寥而显得有些萧索。

第四天下午，她到了故宫。古老皇城在金色阳光中沐浴着，门前只有一个老头在卖门票。看到南宫璇，他咧嘴笑道："今天不错，还有两个顾客。"

"怎么会这么少呢？"南宫璇一边掏钱，一边问。

"唉，都在想办法弄船票，弄到的立刻就走，弄不到的在家里惶恐不安。没什么人有闲心来这里。"老头叹口气，"世道变了。

故宫也不是原来的故宫了,早些时候,被砸坏了很多东西,你也看不到什么了。"

南宫璇默然,把钱递了过去。

老头扯下一张票,却没收钱:"算了,进去吧。"

南宫璇摇摇头,但老头倔强,硬是不肯收钱。她只得无奈地走进去,临进门前,她听到老头在身后再度发出一声长叹:"世道变了啊……"

正如老头所言,故宫被损坏了不少,到处都是残砖碎瓦,倾圮的墙壁似乎在哀声诉说着什么。南宫璇知道,这种破坏,并不是出于地震,而是人为。

当地球要驱逐人类的消息传开后,世界一度陷入混乱。谁都不知道下一个被震毁的会不会是自己的城市。网络上弥漫着悲伤绝望的气氛,而现实更加疯狂。无数教派趁机兴起,敛财行骗。无数人上街游行,好事者趁机起哄,游行变成暴行,打砸抢烧,犯罪率上升到前所未有的高度。故宫就是在这纷乱中被破坏的。各国政府花了很长时间,动用军队镇压,才逐渐恢复社会秩序。

但无论怎么恢复,有些东西肯定是回不来了。一个在薄冰上行走的世界,每前行一步,都会失去它曾拥有的美好。

就像眼前的故宫。

太和门前的狮子雕像被推倒了,公狮碎成几块,母狮侧躺着,

地　火

空洞的眼睛望向远处。南宫璇伸手去摸，粗粝的触感在手心蔓延。

再往前走，转过几个墙道，她发现已经不记得回去的路了。故宫深广曲折，以前就有不少人迷路。她有些着急，快步找路，但没有效果。最后，她坐在一处台阶上，太阳西沉，淡金色的光辉在断壁残垣上缓缓游移。

一个男人走进视野，拿着相机，走走停停，对断壁残垣拍着照。男人也看到了她，坐过来，揉揉腿："你是第一次看故宫吗？"

"嗯。"

"那太遗憾了，以前的样子才好看，夕阳照过来，从那里，"男人指着远处的乾清宫，"到这里，都闪着金色。那才像是皇宫的样子。"

"你以前看过吗？"

男人摇摇头："没有。所以我才觉得更加遗憾。现在的故宫都快成废墟了，跟圆明园差不多。圆明园是英法联军破坏的，故宫，却是毁在自己人手里。人啊，发起疯来，真是……"

南宫璇有些奇怪地抬头，打量起这个三十几岁的男人。他样貌普通，眼神却透着一股子苍凉。不知道是他本身的气质如此，还是倒映在他眼中的古老的、荒废的故宫所致。

"你说，自然界这么多物种，为什么最后爬上进化树顶端的，是我们人类？"男人这样问着，眼睛却看向渐渐下沉的夕阳。西边仿佛有潭深渊，在一点点把太阳往下拉，光线变得暗淡。

"是因为人类对感情有了真正的领悟吧！"南宫璇思索着，"原始社会，一群族人住在一起，努力使每个人都能活下去。提供这种凝聚力的，就是感情。优胜劣汰，感情是人的优势，当然，其中也伴随着智力上的提升。"

"你是说，人类爬上进化树，是因为我们有——"男人似乎不愿意把最后那个字说出口，"爱？"

"是的。"

男人突然笑起来："嘿嘿，真是幼稚！我告诉你，人类之所以能够进化繁衍，统治地球，是因为贪婪！这是埋在基因里的欲望。从古至今，我们的战争就没有停过。我们占领地盘，猎杀其他物种，掠夺资源。这才是我们的看家本领！你看，如果不是这种贪婪，我们根本不会这么快被地球赶走。"

他的声音里带着一点儿狂热。南宫璇有点儿被吓到，往旁边挪了挪。

男人也意识到了自己的失态，不再笑，也没说话。两人坐在台阶上，断墙的阴影慢慢覆盖过来，起风了，沙子在地上摩挲。

"走吧。"男人站起来，"再不走就晚了。晚上这里可不安全。"

南宫璇点点头，跟着男人走出了故宫。卖票的老头还在，孤零零的，一头萧索的白发在风中凌乱。而天边的夕阳，正无力地洒下最后一抹余晖。

地 火

四

第二轮考核是面试,考查心理素质。

南宫璇被十几个专家围着,回答起问题来还是淡然从容,吐字清晰。整个过程都很顺利。

"好的,我们没有别的问题了。"

南宫璇道了声谢,起身要走,这时,办公室里突然响起一个声音:"等一下,南宫博士,我还有一个问题。"

所有人的目光都往角落里看去。那人之前一直没说话,南宫璇也没有留意到,但现在,她的眼睛像针扎似的抽搐了一下——是在故宫里遇到的那个男人。

"这是李川博士,'SP 计划'的发起人。"一个专家笑着介绍。

南宫璇有些愕然,但脸色未改:"还有什么问题呢?"

"我想问,你觉得是什么,使我们人类在自然界中脱颖而出,占有领导地位的?"

"是因为我们懂得爱和尊敬。"

"哦,"李川笑笑,"是吗?"然后便没再说话。

回到宿舍后,南宫璇把行李收拾好,然后等着自己被淘汰的消息。名单一出来,她就打算起身去莫斯科找汤姆。

但到了晚上,名单公布,最后剩下的十人里,赫然有她的名字。另外的九人，无一不是声名显赫之辈，她在网上查了一下，惊讶地发现，其中竟还有欧洲某国的公主。

最后的审核安排在十天后。在第九天晚上，南宫璇接到了来自哥本哈根的电话，是医院打来的，医生的语气很凝重，让她心头掠过一丝不祥之感。

"怎么了？"

"是拉穆斯，他病情恶化，可能撑不了多久了……"

南宫璇只觉得心口一凉，像被塞进去一块冰。她握电话的手有点儿颤抖，深吸几口气才勉强镇定下来，"他现在怎么样？"

"陷入昏迷中。但他在昏迷前，说希望能够见你一面。"医生犹豫了一下，补充道，"最后一面。"

"好的，我马上过来。"

放下电话，她立刻上网查机票。要是现在过去，最早回北京的飞机是在后天，那明天的考核就赶不上了。她揉着太阳穴，拉穆斯天真纯净的笑容在脑海里浮现，随着记忆涨落，越来越清晰。

她咬咬牙，给地质所的办公室打电话。

已经很晚了，但电话还是立即接通了。"喂？"传来的是李川的声音。

"我想请假。明天的考核能不能往后延迟几天？"

"南宫博士？"李川听出了她的声音，"不能。不可能让所有人都等你。"

地 火

"可我有急事,必须要离开一趟。"

"难道现在还有比拯救整个人类都急的事吗?"

南宫璇一愣,临行前汤姆的谆谆叮嘱又回响起来。的确,整个人类和一个垂危的男孩放在天平两端,孰轻孰重她自然知道。

但……但她怎么能辜负那个男孩清澈明亮的眼神?

"还是不行,"听了事情的原委,李川的语气依旧冰冷,"我们为这件事花费了你想象不到的人力物力,不能这么当儿戏。"

南宫璇闭上眼睛,长长吸了口气:"那我退出。"

"什么?"

"我说,我退出这次应征。"

"你想好?你知道你刚才说了什么吗?你会为你说的话后悔的。"

"是的,我肯定会后悔,但那是以后的事情了。"南宫璇不想多谈,"祝你们顺利。"

"等等,别挂电话。"

南宫璇拿着电话,但听筒里只有尖锐而繁杂的声音,似乎是一大群人在激烈地交谈着。过了很久,李川的声音才再度传来:"南宫博士,你还在吗?"

"在。"

"请你认真回答我,"电话另一头的李川郑重地说,"你愿意为人类的生存深入地心,用你的全部才能来跟地球谈判,替整个人类文明争取尽可能的生存资源吗?"

"我愿意,但是我现在要去哥……"

"从现在开始,南宫博士,你正式加入'SP计划'!欢迎你!"

后来南宫璇才知道,这一切都是测试。拉穆斯没有病危,医生的电话,只是为了让她做抉择。而其他九位候选人,也面临了同等重要的选择。比如那个欧洲国家的公主,她母亲苦苦哀求,让她回家看一眼病危的父亲,但她拒绝了,说要为了拯救全人类而留在北京。

"你们的抉择都是正确的。"李川对这些不满的候选人解释,"出于理智,你们应该这么做。但这次不同,我们要让地球看到人类的善良,这一点至关重要。人类跟地球是两个尺度不同的生命,我们的智慧、权势和财富,这些东西在地球看来一文不值。只有善良才能激发它的母性,而母性,是我们能够留在地球上的唯一筹码。"

五

成为谈判员后,南宫璇的生活一下子忙碌起来。她要参加发布会,和李川一起,对记者信誓旦旦地表示能够劝说地球;她要收集各国的文化资料,以便于见到地球后能够展示人类灿烂辉煌的

地　火

文明；她要通过分析地震位置分布，研究地球说过的话，以此来分析地球的性格……

绝大多数时间里李川和她在一起。李川工作时全神贯注，不爱说话，有时候南宫璇都怀疑那天在故宫遇到的男人到底是不是他。

"有个问题我一直想问你。"一次休息时，南宫璇忍不住说，"在复试时，你问我为什么人类能够进化。我记得在故宫时你问过我，为什么问第二遍？"

李川说："因为当时你已经知道了我的身份，也知道了我自己对那个问题的答案。我想看看，你会不会因为要讨好我，而选择我的答案。你没有，说明你坚信人类是因为爱而进化，这个观点虽然幼稚，但正是我们所需要的。"

"其实我只是一个普通的人而已。"

"你并不普通。最后测试时，我听到其余九个候选人都选择留在北京，都快绝望了。我的计划最关键之处，就是谈判员的善良。幸亏还有你，不然，这个计划就会取消，政府只能把希望放在全力移民上。"

这次聊天拉近了他们的关系。但真正让他们不再生疏的，是那个夜晚所看到的景象。

那天，回住处时天已经黑了。无尽的夜色笼罩着城市，建筑物在夜的背景里，模糊得像融化了一样。

街上人很少，路灯把南宫璇的影子拉长又压短。她独自走着，长街空旷，街边的店铺大都关闭了，门户紧掩。

"南宫博士，等等！"

南宫璇回过头，看到李川快步走过来，喘息不已。

"你跑过来的？"她不解地看着他。

"嗯，你落了外套。"李川把外套递给她，"外面有点儿冷。"

"谢谢。"

两人并肩走着，路灯伸向远处，街道长得没有尽头："对了，我一直很好奇。"南宫璇突然开口，"你为什么从很早以前就开始研究盖亚假说了呢？在此之前，它被主流科学界摒弃，你一个人研究，很辛苦吧？"

"嗯，连我的导师也劝我放弃，他希望我把注意力放在更有经济效益的研究上。"李川把手插在上衣口袋里，缩着肩。

"那为什么还一直继续呢？"

"我七岁的时候，家乡发生了一场地震。"李川顿了一下，深深吸气，清冷的空气润进肺腑，"我在院子里玩，亲眼看见房子像积木一样倒塌，我父母、爷爷和姐姐全部被埋在里面。"

"啊？"南宫璇连忙说，"对不起……"

李川木然地摇头："不用，已经过去很多年了。从那之后，我就开始研究地质。后来翻阅到盖亚假说，觉得很多地质疑点都能

地　火

说通了，就更深入地研究了。"

南宫璇垂着头，不知如何回答。她原以为李川只是运气好，研究方向恰好跟人类危机挂钩，所以成了全人类的明星。但现在，她知道了世界上没有巧合，所有伟大的成就都源于漫长岁月的积累和不堪回首的往事。

她抬起头，正想说些什么来打破沉默，却突然听到了一连串的脚步声："有人！"李川皱眉，迅速拉起她的手，跑到街边一个广告牌的阴影里。大移民以来，社会秩序逐渐松散，很多买不起船票的人开始自暴自弃。这个时间的街上，并不安全。

但看到涌出来的人群后，李川松了口气——那是一大群老人。他们从各个街巷里走出，汇聚到主街上，每个人手中都捧着一支电子蜡烛。光辉荧荧，照亮了他们那纠结如树皮的脸。

老人们没有交谈，沉默地会聚到一起，烛光渐渐联结成一条光河，淌向前方的广场。

"他们是……"南宫璇沉吟一下，"是留守者吧？"

"嗯。"李川点头。由于运输压力，很多老人自愿放弃了移民权，甘愿留在地球上。李川见过许多关于留守者的新闻，画面中，子女乘坐飞船离开，地面上只有拄着拐杖的老人久久遥望，满面揪心。其实，政府并非不顾人情，也多次劝说他们上船，但老人们固执地拒绝了。一方面固然是因为想把生存的机会留给后代，另一方面，却是出于对地球的歉意与不舍。

"我们跟着去看看吧!"李川看着流动的人群,轻声说。

他们走在人流后,出了大街,来到城北的一处建筑工地上。其他方向也涌来了几群人,会合在一起,每支烛光后是一张苍老的脸。空地上的老人成千上万,互不交谈,捧着蜡烛站立。

人群中响起一个声音:"开始。"随后老人们缓慢而有序的移动,烛光流转,一张张脸忽明忽暗。南宫璇看着眼前离奇的一幕,问:"他们在干什么?"

"应该是准备跟地球交谈,点蜡烛是为了确定各自的位置。"

正如李川所说,老人们很快就站定了,组成有序的纵横和转折图形。只是南宫璇离他们太近,即使踮起脚,也只能看到黑压压的脑袋和漾成一片光海的烛火。

李川突然拉起她的手,向后跑去,她不由得跟着他的步伐。他们跑到一栋废弃建筑物里,在黑暗的楼道里奔行,跑到十层时,南宫璇已气喘吁吁。

此时震动传来了,一下一下的,楼道有规律地晃动着。这表明老人们已经开始蹦跳了。

几分钟后,他们终于爬到了楼顶,刚一上去,呼啸的风便猛扑过来。南宫璇发梢飞扬,险些被风吹倒,幸好李川及时拉住了她,并为她挡住了大部分的风。

他们走到护栏边,俯视空地上的人群。老人们沉默地跳着,烛火飘荡,大地震动不休。而那些明亮的烛火,在沉沉夜色中互

地 火

相勾连,结成了七个硕大的汉字——

"妈妈,请原谅我们。"

六

穿梭器是在两年后制成的,从美国运到北京。

一掀开幕布,所有人都为这个极具工业美感的仪器惊呆了。它呈梭形,长近十米,后部有强力推进器,前部的钻头闪着冷光。李川抚摸着穿梭器的外壳,赞叹道:"这是用中微子材料制成的,经过特殊加工过,不但坚硬得能钻开钻石,而且隔热,即使掉到岩浆里也不怕……"

穿梭器中部的门弹开,李川立刻弯腰进去。南宫璇也跟进去了,里面挺大,大约有半径2.5米的圆柱形空间。而驾驶室里,前后摆放着三个座位。

她知道,"SP 计划"需要派三个人下去。她是谈判员,李川负责驾驶穿梭机,最后一人则是由美国军方指派。这台穿梭器耗资近百亿美元,美国付了大半,条件就是要送一名美国人下去。而让南宫璇疑惑的是,这两年来,她从来没见过那个美国军人。据说,他正在某个基地参加训练。

接下来的日子,李川和南宫璇都在穿梭器里进行模拟训练,并将在地底可能会遇到的种种困难都预测出来,一一商量对策。

两人合作很默契，毕竟已过了两年，二人的磨合已越来越好，甚至滋生出了某些说不清道不明的情愫。

训练完后，他们总会一同离开，在路上聊天闲逛。这景象落在旁人眼里，不可避免地传出了流言蜚语。

这天，结束了训练，正要离开，李川突然被钱老叫住了。他有些不安，以为被人告状，解释说："其实，我和南宫博士只是……"

钱老表情凝重，摆摆手："准备一下，换身西装。飞机在外面等着。"

"去哪里？"

"纽约，你要去参加联合国的一个会议。各国领导人都会出席的。"

几个小时后，李川踏上了纽约的土地。几个神情冷峻的特工在机场接到他后，把他带到位于曼哈顿东河沿岸的联合国总部。在一个隐蔽的会议室前，他们停了下来，示意李川推门进去。

很久之后，李川才意识到，这是命运的一扇门。他踟蹰在门外，懵懂无知，纽约的阳光明亮；但他推门而入后，命运却已转身，对他展现了阴冷恐怖的面孔。

| 地 火 ——．

下篇

一

一架空天飞机从地球轨道高速下降，穿过大气层后，缓慢减速，平稳航行在距地面一万米的高空。

宽阔的主舱中间，坐着一个身穿黑色长袍的男人。十几个荷枪实弹的军人在他四周站着，手都放在枪柄上，紧盯着男人，目光憎恶而畏惧。他们不能离男人太近，在过去的六个月中，已经有太多的例子告诫了这一点，每个例子后都有一幅星条旗和一具棺材会派上用场。

男人对这些虎视眈眈的特种兵视而不见，满脸冷静。主舱里一片安寂，只有空气的呼啸。

高空中，一架客机无声地接近，与空天飞机保持共速，衔接通道在两架飞机间展开。

一个军人说："起身，有人要见你。"

男人沉默着站起身，径直向衔接通道走去。高空寒冷凛冽的风被金属通道挡住，发出呜呜响声，似乎一个透明的怪兽在哀号着拍打管道。

他进入了客机的内舱。

按照墙壁上的箭头指示，他穿过了数道门廊。这期间，他没有见到任何一个人，这与这架号称"空中酒店"的飞机在他心中的印象不太相符。最后，他走进了一个幽暗的小房间，里面正坐着一个人，隐在阴影中，他看不太清。

"这是你第一次离我如此之近。"阴影中的人说，"六年前，你离我一千二百英尺，那是你的最佳狙击距离。但很遗憾你失手了。"

"我没有失手。我射中了目标，我只是没想到他是你的替身。"男人冷哼一声。

"不管怎样，你暴露了自己，我的人抓住了你。你做过的事情足可以让你死五十次，但我没有那样做，我知道，像你这样的人，总会有用处的。"阴影里的人继续说，"现在就是时机了。过去的六个月中，我安排你进行了全面的无重力格斗训练，为此，又有

地 火

十七条人命在你手中消失。我和你都有罪,但是,你现在有更重要的任务。"

"我现在不想做任何事,除了杀死你……就像我六年前打算做的一样。"男人扭动手腕,阴影里的人离他不到十英尺,他只需要两秒钟就可以扭断其脖子。但他知道,这个房间外至少安排了7个狙击手,有超过30支枪管对着自己,他们可以在0.5秒内让自己的脑袋像西瓜一样爆开。所以,他只是冷笑着摇头。

阴影里的人拍拍手,两个壮汉走了出来,把男人按住。一支针管刺进他手臂,注射了什么东西,阴冷而刺痛的感觉在血管里蔓延。

"这是纳米毒。现在它们藏在你的身体里,我只要按下开关,它们就会立刻吞噬你的心脏。"

男人抽着凉气,嘶哑地笑着:"你以为用死亡来威胁我会有用?"

"我还不至于幼稚到这个地步,它们只是用来预防。你不要急着拒绝,先看看这个。"一块显示屏被放到男人面前,上面流水般涌出文字,"它只显示一遍,所以,你得快速而仔细地阅读。"

男人目不转睛地盯着屏幕,渐渐地,一抹微笑在嘴角扬起。看完后,他抬起头,眼角因激动而颤抖不已。

"好的,这个任务我接受。"

两架飞机继续并行,穿过厚厚的云雾,阳光洒在机身之上。

客机正上方,"空军一号"的字样在阳光下闪闪发亮。

南宫璇是在一个山坡上找到李川的。

他不知坐了多久,抬起头,望着傍晚的天空。

南宫璇顺着他的目光看去,只见最后一抹晚霞也在天际消逝,沉沉暮色自西边涌来。偶尔划过一道亮光,自下而上,倏然消失在遥远的黑暗夜空中。那是移民飞船,载着背井离乡的人,去往空旷未知的宇宙。

移民潮已经持续了六年,但滞留在地球上的人,还有 70 亿左右。造船厂日夜赶工,飞船一出厂就立刻载人升空,但这样的速度远远不够。如果谈判不顺利,恐怕灾难来临时,会有超过 50 亿人无处可逃。

"李博士,"她轻声说,"走吧,他们已经在等着了。"

李川恍然回神:"哦,对了,今天是'SP 计划'实施的日子。准备了这么久,终于要开始了……"

他这个样子让南宫璇很担忧。前几天他去联合国开会,回来后就心神不定,她问过,但他只是摇头。

"咦?"她看到李川的脖子上有一条红绳,"你什么时候买了吊坠?我记得你不喜欢佩戴这种东西。"

李川把吊坠从衣服里拉出来,握紧,金属的冷感在手心沁开。他说:"要去地心了,我买来保佑自己,希望一切平安,希望还能

地　火

爬出来看到这片天空。"

南宫璇点头。这次任务确实很危险。人类已经对头顶几光年内的空间了如指掌，肆意驰骋，但对脚下距离仅仅几千千米的地心，仍然是一片未知。

他们沉默了好一会儿，直到天边隐约出现一轮月亮时，李川才站起身，拍拍身上的灰，说："别担心了，走吧，我们去拯救人类。"

二

飞机把两人运到了距离名古屋海岸 200 千米处的太平洋海域，一艘航母正静静地浮在海面上。夜幕悬月，疏星点点，微光在海面上荡漾，偶尔有鱼类浮出，将波光击得聚散离合。

两人走出飞机，咸湿的海风在甲板上掠过。精神矍铄的钱老已经等着了。他身边还站着一个高大男子，身穿美国陆军军装，手里提着一个箱子。

"这是韦德上校，他将跟你们一起，深入地心。"钱老介绍说。

李川和南宫璇点头致意，韦德则敬了个不太标准的军礼。

"你们是人类的希望和骄傲。"钱老的语气有些颤抖，"数十亿人的生存都仰仗你们了，请务必尽力。"

"我们一定会完成任务！"李川郑重地说。

南宫璇则不解地看着四周。偌大的甲板上，只有他们四人以及不远处被幕布遮住的穿梭器。她以为会召开发布会,毕竟"SP计划"耗资巨大,且担负了全人类的希望。但现在,一切都在夜色的遮蔽下秘密进行。

钱老掀开幕布,呈完美流线型的穿梭器显露出来。中微子外壳在月光下如同淌着的水一般,流光四溢。舱门开启,李川坐上了驾驶座,南宫璇坐在第二个座位上,韦德抱着箱子,沉默地坐在最后面。

甲板逐渐抬高,几秒后,穿梭器滑到甲板边缘,"咔"的一声,甲板突然收回,穿梭器笔直地落入海中。

"哗",水花四溅,海面上的月光上下起伏。遥远的地方响起海鸟扑腾的声音。

在失重的一刹那,李川启动了穿梭器,钻头急速旋转。在嗡嗡的振动声中,穿梭器破开森寒的海水,如炮弹般向下射去。这片海域下的地壳是全球区域内最薄弱的,钻头将轻易钻开地层,让三人一直向下。

穿梭器在海水中下坠,此时的海中一片昏暗,李川的视线透过观望窗,只能看见黑暗在窗外如铁般凝结。偶尔有发光的深海鱼类掠过,拉出一道流影,转瞬即逝。

"马上就要到海底了,注意!"李川沉声说。话音未落,钻头便撞到海底土地,剧烈的抖动传来。南宫璇还好,但韦德上校显

地 火

然还没有习惯穿梭器的运作,身体向前一撞,脑袋磕在南宫璇的座椅后背上。箱子也被摔出来,落在南宫璇脚边。

"小心。"李川头也不回,"这是去地心。在此之前,只有小说和电影里的人做过同样的事。"钻头如搅豆腐般破开泥土,一头钻进地里,震动逐渐消失。李川放开操作柄,启动自动驾驶,"现在我们还是在地表,穿梭器保持37千米/小时的速度,半小时后我们将离开地壳,一小时后穿过莫霍间断层,接着在地幔中行进约75个小时后进入地核。那时,速度将增加至80千米/小时,在液体内核中行驶29个小时,随后减速,以15千米/小时的速度穿过1200千米的地心固体内核,这最后一段距离将花掉我们三天时间。"

韦德额头被撞出血,却哼都没哼一声,只是弯腰把手伸向摔出去的箱子。

"上校,我帮你吧。"南宫璇抓住箱子的手柄,但箱子重得出奇,她竟提不起来。

"谢谢,还是我来吧。"韦德的中文不太好,听上去怪怪的。他提起箱子手柄,放在身侧,抬头看向李川,"你刚才说,地心里还有液体?"

南宫璇看了一眼韦德:"上校,来这里之前,没有人对你进行过航行训练吗?"

"哦,有人教了我一些,不过是其他的训练。关于地心的知识,他们说可以请教你们。"韦德耸耸肩。

李川接着道:"接近地心时,温度会达到7000℃,比太阳表面还要炙热,压力也足以使金刚石变得像黄油一样柔软,在这种环境下,岩石和金属会熔化,形成液体。不过不用担心,这台穿梭器是现代科技的结晶,为了它,政府投入了一百多亿美元,还有近千名科学家两年的努力,模拟了数百次,不会让我们在地心里见到上帝的。"

"嗯,上帝确实不会来这么偏僻的地方接我们,倒是撒旦更有可能些。"韦德点点头,站起身,"我去处理一下伤口。"说完,他向穿梭机后部的小舱室走去,那里有循环维生系统。走了两步,他又回过身,把箱子提起,走进小舱室。

"我觉得有问题。"小舱室的门关上之后,南宫璇突然小声说。

"嗯?"

"之前三个月的训练,全部是我们两个人在做,你负责操控机器和观察地心情况,我负责谈判。这样的安排已经够了,为什么还要再加一个人,而且是一个完全不了解地质的军人?"

李川摇摇头:"他是上校,应该是来保护我们的。"

"要保护,至少应该是有地理常识的人……"南宫璇身子一颤,下意识地说,"难道是来监督我们的?可是这是一项和平任务啊,而且我们都是经过重重检核的,怎么会被监视?"

"或许美国想插一脚,怕我们从地心带回来什么先进科……"李川突然提高声音,"现在穿梭器运行良好,保持着40千米/小时

| 地　火 ──

的速度。接下来的一周里，我们将离地表越来越远。我希望大家能够享受这一趟旅程。"

南宫璇一愣，转过头，看见韦德已经出来了，提着箱子回到座位上。

接下来，谁都没有先开口说话，舱室内沉默如死。只有泥土摩擦外壁的声音，黏滞而不绝，如同正在被巨兽的舌头舔舐。

三

一个小时后，穿梭器钻进地幔。

地幔由致密的造岩物质构成，厚约 2865 千米，是地球内部体积最大、质量最大的一层地质结构。李川看了下仪器上的数据，启动了一个按钮，钻头顶端顿时喷出一道超高温光束。挡在前面的岩石立刻成熔融态，穿梭器穿过后又凝结，仿佛是一条通向地狱的路。

穿梭器内气氛格外压抑。

每下降一点距离，就意味着天空和海洋在他们身后远去一点。在宇宙中航行，还能看到星河流转、光晕浪漫，但在这里，只有密实的岩石在将他们一点点吞噬。

"我们现在已经突破了人类到达地球最深处的记录。"李川忍受不了这种墓穴般的氛围，"20 世纪末，苏联探井队在科拉半岛，钻探深度达到了 12262 米。这就是著名的科拉超深井。但现在，我们远远超过了这个深度。"

"哦，他们当时为什么停下来，不继续钻探了呢？"韦德饶有兴致地问。

"官方原因是经费不足，不过，内部人员否认了这个说法。他们透露，真正的原因是井里面发生超自然现象。"李川顿了一下，"这件事在地质界很出名，我当老师时，经常跟学生们提到。用它来活跃课堂气氛很有效。"

"那么，你现在又有了两个学生。"韦德说，"而且这里的氛围确实需要活跃。"

李川看看南宫璇，的确，她的脸色有点儿发青。他清了清嗓子，说："他们说，井里面有妖魔。钻探机接近 13000 米时，从钻井里传出奇怪的声音，像是有人在说话，在惨叫，还有强烈的爆炸声。他们把声音录了下来，放到了网上，据说听的人都被凄厉的惨号和爆炸声吓坏了。"

"是地底文明吗？"

"不，他们发誓说，他们钻开了地狱。"

"李博士，你是地质学家，你信吗？"

"我保留意见。人类对这个世界的了解太少，不能轻易断言。但那个录音是真的，回去后，你可以去网上搜一下。"

"如果我们还能回去的话。"韦德笑了起来，"你知道吗，小时

| 地 火 ——

候我怕黑,晚上睡不着,就缠着我奶奶给我讲故事。但她只会讲鬼故事,所以我更加睡不着了。"

李川一愣,随即发现南宫璇的脸色更加铁青了,醒悟过来后,连忙闭上嘴。

穿梭器继续前行。到达 450 千米深度时,他们遇到了一块富含黄金的岩石,屏幕显示,其金含量居然高达 260 克/吨。只要达到 4 克/吨的金矿层就具有商业开采价值,地球表层中很少能找到超过 10 克/吨的矿层。李川扩大了搜索范围,结果表明,这块岩石的体积比珠穆朗玛主峰还要大。

在地幔更深处,穿梭器钻进了无法测出体积的钻石矿层。

两天后,穿梭器发出一阵抖动,韦德惊醒过来。他抱紧箱子,问:"怎么了,是不是出故障了?"

"没有。"李川的声音也有些疲惫,"我们已经穿过古登堡不连续面,马上就要进入地核了。穿梭器外面的温度是 3800℃,压力达到 1 亿千帕。"

韦德点点头:"如果真的有地狱,那么,我们身在其中。"

南宫璇揉揉眼睛,趴在观望窗前。但她什么都看不清,视野里只有比夜更浓重的、更有压迫感的黑暗。

外地核主要由铁镍合金的熔融态组成,厚度有 2000 千米。在它面前,穿梭器只是一只在汪洋大海里潜游的小鱼。地球上所有的水体加起来只有 13.8 万亿立方米,而这里,液态合金是地球水体的30倍。它不仅浩大，而且炙热，但与喧哗浮躁的岩浆层不同，它是寂静的。由于高压和缺少气体，所以熔融的金属并不会沸腾翻滚。这个庞然大物，以冷静沉默的目光，注视着即将闯进它躯体的小玩意儿。因地球的自转，它与地壳间有缓慢的相对流动，而正是这种流动，导致了地球磁场的产生。

穿梭器通过交界面，一头扎入这片金属之海。

四

"嗡嗡"，钻头突然加速，惊得李川从轻微睡眠中跳了起来。

由于钻进了固体内核，重力已变得微乎其微，他一跳，脑袋便撞到了舱顶。顾不得疼，他扑到显示器前，发现钻头比正常速度快了十几倍。

这不可能！

地核外层是液体，而内层是一大块金属球体，也主要由铁镍构成。但因为超高压，内地核的密度极高，穿梭器以全功率运行也才能勉强前进。所以尽管只有1200千米的半径，他们还是花了整整三天时间。越往里，钻头速度应该越慢才对。

李川检查了一下仪器，没有故障，他突然浑身一震："难道……前方没有阻碍了？"

他调慢了钻头的转速，小心操控推进器，穿梭器像土拨鼠一

| 地　火 ——

样向前拱动。几分钟后，穿梭器剧烈晃动，三人急忙扶住座椅。待稳定后，李川看着显示屏，张着嘴，满脸惊讶。

"怎么了？"南宫璇问。

"我们……"李川吞了口唾沫，"我们到真空里了。"

这是地心，地球的最深处，致密的金属球内部，居然是一片真空？

南宫璇不信，便从观望窗看去，语气也诧异至极："有光，外面是亮的？"

穿梭器外不止有光，还有许多灰白色的触须。它们像蛇一样蜷曲，缠住穿梭器，往更深处拉去。

母亲，您知道我们要来吗？

这是您的大脑？

您怎么会知道我们人类身体的构造？您在观察着我们吗？

那之前，我们用信号联络您，为什么您不回应？

对不起……

您的汉字，是从广播电视里学来的吗？

可是，为什么是汉字呢？英文不是更简单吗？

您是说，您并不是唯一的具有行星尺度的生命？

我们在您的身躯上进化而来，那您呢，星球生命也是自然形成的吗？

您笑什么？

南宫璇不停地发问，李川则紧张地把对话内容记录下来。这是人类首次与异文明接触，每一句话，都有划时代的意义。

屏幕显示，这个球形空间的环境很温和，压力为零，温度也只有150℃。它半径约有5千米，布满了手指粗的触须。在正中心，是一个不规则的柱状物体，高约20米，形似古树，所有的触须就是从它上面发散出去的。按照地球所说，它应该就是地球的脑干，而触须则从内地核吸收热量，供它维持活力。

这种奇异的生命形态并没有引起韦德的兴趣。他抱着箱子，嘴角挂着一丝若有若无的笑。

知道。但很遗憾，我不能答应你们。

为什么？难道我们不是您的孩子吗？

是的，你们是。在你们没有发明广播之前，我就感觉到你们的存在了。你们在我身上爬动，有一些痒，但我忍受着，小心呵护你们。在你们短暂的文明史上，至少有三次足以灭绝整个物种的灾难，陨石、辐射和冰川覆盖，都是我挡住了。你们甚至都没有察觉到它们的来临。看着你们像幼芽一样，逐渐成熟，破土而出，我很欣慰。

是啊，我们也没有辜负您。虽然人类两万年的文明史在您面前

地 火

不值一提,但其间也诞生了无数的辉煌灿烂。我们创造了美术、文学和音乐,我们从以前拿着石头围捕野兽,到现在已经有能力航行于宇宙间,这些都说明人类文明是充满了艺术情怀和进取精神的。

你们对我造成的创伤也是无法原谅的。我已经负担不了你们高速发展的代价。每一个城市都是我皮肤上的毒瘤,而你们还在无休止地扩建。

我们可以改的。

难道你们愿意从工业文明退回到农耕文明吗?

……

另外,你们已经有了在宇宙中航行的能力,不应该再依赖我。你们总说,地球是人类的摇篮,没错,只是摇篮而已。人是不能在摇篮中度过一生的。孩子大了,总要离开。

可是,现在技术不成熟,会有近一半的人死掉。

但还有另一半人能活下来。你们可以找到新的星球,开辟新家园。

您不能就这么驱逐我们。我们是您唯一的孩子啊!

谁说你们是我唯一的孩子?

三个人都愣住了。南宫璇颤抖着手,在屏幕上打字:"难道您还有别的孩子吗?"

当然。这么漫长的生命,我衍生出了两个子文明。

李川最先反应过来,一拍脑袋:"恐龙!"

果然，前方的触须盘根错节地扭动，组成了答案：是恐龙。

它们在我身上存在了一亿多年，文明程度远远超过人类。但与你们相比，恐龙是大型生物，对生态的消耗很大。当恐龙文明到达极致后，我以地震的方式，让它们离开。

"结果呢？"南宫璇心里掠过一丝不祥。

它们不肯走。所以，我在公转轨迹上稍稍挪动了一下，我的引力捕获了一颗陨石，不大，但足以让恐龙灭绝。

南宫璇脸色惨白，后退两步。

她并不知晓人类有个"哥哥"，而"哥哥"正是因为不肯离开而灭绝。她是心理学博士，知道谈判已经没有希望。地球是人类的母文明，但它管教孩子的方式跟人类不同，果决凌厉，无可更改。南宫璇不甘心，再次恳求，地球终于答应再让人类逗留十年。她松了口气："这一趟，总算不是一无所获。"没有人应，她诧异地回头，看到李川面无表情，手握着脖子上的吊坠，似乎在发怔。而韦德，不知何时穿上了防护服，正在打开他日夜不离身的箱子。"你在做什么？"南宫璇问道。

韦德给箱子输入密码，头也不抬："南宫博士，你的任务已经完成了。"

"嗯，那我们就可以离开了。"

"但是，我的任务才刚刚开始。"韦德说完，"咔"，箱盖弹开了，露出了里面的东西——密密麻麻的武器。

| 地 火 ——.

五

匕首、战术折刀、锯齿刃、狩猎刀、消声手枪、短柄散弹枪、激光枪、毒素针筒、爆裂弹……韦德的手在上面依次拂过，眼神温柔，喃喃地说："好久不见了，我的伙计们。"

南宫璇吓了一跳。她通晓多国语言，立刻听出，韦德这句话是用俄语说的："你不是美国人吗，怎么会说俄语？你是谁？"

"我才不是美国人！我叫莫洛斯基。"

这个名字很熟悉。南宫璇惊叫道："你就是六年前那个刺杀美国总统失败的杀手！你……你为什么会到这里来？"

"我也是来拯救人类的。"莫洛斯基取出一柄狩猎刀，"只是，与你的方式有点儿不同。"

"你要干什么？"

"我要，杀了地球！"莫洛斯基一字一顿地说，脸上勾出一抹邪笑。

"可我们是来谈判的啊！"

"哦，他们说你善良，果然没错——因为善良往往伴随着愚蠢！任何一次行动，都不会把希望放在谈判上：人质危机，谈判专家的身后，一定会有狙击手；跳楼自杀，也会一边叫人辅导，一边在地上铺弹床。这次也一样，我就是你背后的狙击手。"

一瞬间，南宫璇明白了很多事情：难怪莫洛斯基从不露面，也不参与模拟训练，难怪进入地心时低调隐秘……原来，美国根本没有打算派军人下来，他们派的是杀手。

"不行！我不能让你这么做！"南宫璇醒悟过来，向莫洛斯基扑去，但莫洛斯基连眼皮都不抬，只是反手一挥，她便跌向舱壁。"李川！快，快阻止他！他要杀死地球母亲！"她急忙冲李川喊道，但李川没有动，只用沉默的眼睛看着她。

她心里顿时一阵冰凉："原来你早就知道……"

"是的，我知道。上次去联合国，他们告诉了我这个计划……"李川有些发颤，闭上眼睛，当时的场景在脑中浮现：会议室里光线阴暗，他站在中间，看到计划书后，惊讶得不能呼吸。三十七国的领导人坐在周围的阴影里，所有人的目光都在他身上。

"李博士，这个计划，可行吗？"开口的是美国总统。

李川语无伦次地说："我不知道，它太……我们没有必要这么做……""你是最了解地球生命信息的人，我只想知道，地球能被杀死吗？"

"照理说，只要是生命，就能被杀死，但……""那地球死后，地表生态会剧烈变化吗？"

"不……也不会……地球的生命很长，以亿万年计，那它的生理周期变化就会很缓慢。就像龟类一样，活得久，必然行得慢……但肯定会有影响的，所以我不认同——"

美国总统再次打断他："多久才会有影响？"

| 地　火

"或许,"李川默算了一下,"九百多年后,外地核的金属熔液才会冷却,到时候,磁场消失,恶劣的气候会笼罩全球。"

"足够了,九百年的时间足够了。"总统的声音拔高,"各位,我们已经确认了,地球能被杀死,而且死后不会有剧烈影响——为这个计划投票吧!"

接下来是漫长的沉默。

"同意。"一声法语响起。

同意,同意,同意,弃权,同意,同意,弃权,同意,同意,反对,同意……这些声音包围了李川,在他耳边狞笑。他觉得有些眩晕,差点儿晕倒。

"21∶7,九人弃权。我宣布,计划启动。"

"按照计划,如果你说服了地球,让我们永远留下来,这个计划就终止。"李川呆呆地说,"但地球毁灭了恐龙文明,我们都知道谈判已经没有希望。"

"可是它答应让我们再留十年!"

"十年无法满足人类的贪婪。你还记得我们第一次见面吗?当时我说,人类因贪婪而存在。其实,当时我对这个观点也有抵触,但现在……没有人愿意离开温暖舒适的地球,到空茫无际的宇宙中去流浪。"

为了安稳,能对孕育了人类的地球下手,而且是在地球毫无防备的大脑里。这个计划里扑面而来的浓重罪恶,几乎要让南宫璇窒息。她像是不认识李川一样，带着哭腔："可是，这是谋杀啊！"

"哼，谋杀又怎么样？"插话的是莫洛斯基，他冷笑道，"如果地球要赶我们走，我们就杀了它。就这么简单。"

"但，你要杀的是我们的母亲啊！这种罪，你承受得起吗？"

莫洛斯基冷笑："在古希腊神话里有一个故事，两姐弟为报父仇杀了他们的生母。为此，复仇女神始终跟着他们，让他们昼夜不安。后来，众神审判，投票确定他们是否有罪。但支持者和反对者人数一样，决定性的一票在雅典娜手里。你猜，她最后投了什么？"

南宫璇看着莫洛斯基狰狞的脸，下意识地往后缩了几步。

莫洛斯基逼上来，凑到她眼前："我告诉你，是无罪！雅典娜判那对姐弟无罪！只要理由得当，即使是弑母，也能得到神的原谅！"

"那只是神话，我们不能……"泪水从南宫璇的眼角滑落，声音如同呓语，"你不能因为一个神话，就拿起刀……"

"我并不是因为什么神话。事实上，我不关心移民，不关心人类的贪婪。我当杀手，不是为了钱，是要体验杀戮那一瞬间的快感。我杀过平民——不管是老人还是小孩，杀过奔跑最快的美洲豹，还独自乘船猎杀过一头蓝鲸。这也就是他们找我的原因，我是世界上最懂得杀戮艺术的人。但我以前所杀的，加起来，都没有外面那个东西让我兴奋。能杀掉一颗星球，天哪，光想一想我就浑身战栗！"

地 火

莫洛斯基说完，举起狩猎刀，伸出舌头在刀刃上舔过。一丝血迹顺着刀刃流了下来。

"地球不是说我们的科技落后野蛮吗？"他扣紧防护罩的头套，狩猎刀上冷锋流转，"那我就用最野蛮的方式！"

舱门开启，他跃了出去。

哀号。球形空间里布满了无声的哀号。每一根触须都在颤抖，紫色的液体从断口流出来，悬浮着，凝成完美的球形。触须收紧，想缠住莫洛斯基，但他受过无重力格斗训练，灵活如鱼，从容地在触须间穿梭。刀光不时亮起，每亮一次，就有数十根触须被斩断，无力地耷拉下来。

"我要阻止他！"南宫璇咬破嘴唇，清醒过来。她迅速套好防护服，正要出去，却被李川拉住了。

"没用的，他是专业杀手，你挡不住的。"

"不行！他会让整个人类文明都被染成黑色，我们无法面对子孙后代。即使是为了生存，也不应如此疯狂，否则，即使我们活下去，又有什么意义呢？"南宫璇满脸通红，大声说，"要给岁月以文明！"

"而不是给文明以岁月……"李川如被当头一棒，喃喃地念着这脍炙人口的名句。他下意识地伸手去摸脖子上的吊坠，但想到了什么，又停下了。

趁他失神，南宫璇打开舱门，向莫洛斯基跳去。周围都是在剧烈抖动的触须，她笨拙地靠拉扯触须来调整方向，到莫洛斯基身后时，她一把抱紧他。

但她小看了莫洛斯基。

他轻轻一挣就脱身了，同时抓住南宫璇的防护服，往地球的圆柱形脑干方向掷去。他还不放心，又拉过来几根触须，把她牢牢困在脑干上。

"现在，我要你看着我是怎么一刀刀地杀死地球的。"即使知道真空不传播声音，莫洛斯基依然狞笑着说。他转过身，长刀一旋，又有数十根触须绵软地垂了下来。

地球的脑干在颤抖，那是忍受着剧痛的反应。这种颤抖传到南宫璇背上，一种莫大的悲伤和绝望弥漫了她全身。她拼命喊叫，泪流满面，但莫洛斯基听不到，他的刀划出一道道死亡的轨迹。

触须纠连缠绕，组成了一排汉字。

为什么你要伤害我？

莫洛斯基想都没想，狩猎刀自上而下地劈去，"害"字被劈成两半。

你们会有报应的。

一刀横斩，七个字全部裂开。

整整一个小时，莫洛斯基都在不停地劈砍。整个球形空间的触须都断裂了，最后，脑干爆发出一阵剧烈的抖动，而后归于安寂。困住南宫璇的触须也萎缩断开，她挣脱出来，抚摸着枯萎的脑干。她痛哭失声。见证了宇宙兴衰的宏伟行星，存在了46亿年

| 地 火 ——

的漫长生命,就这样,被渺小的、文明进程只不过两万年的人类,谋杀了。

六

莫洛斯基提着南宫璇,进到穿梭器里,脱下头罩:"真爽!好久没有这么痛快地杀戮了!""嗯,该回去了。"李川解下吊坠,握在手里,扭头看着莫洛斯基,"但你不能跟我们一起。""你想干什么?""无论谈判是否顺利,你都不能活着回去的。这是一项不能让公众知道的任务。我以为你会有这个觉悟的。""哼,凭你一个书呆子,能挡得了我吗?""我不能,但你体内的纳米毒能。"莫洛斯基脸色一变,突然想起在"空军一号"上,自己曾被注射了纳米毒。他猛地提刀砍来,但李川更快地把吊坠捏碎了。

开关藏在吊坠内,无数纳米机器立刻启动,在莫洛斯基的血管里游动。它们汇聚到他心脏旁,张开利嘴,以疯狂的频率啃噬着。

莫洛斯基只来得及惨叫了一声,便倒在地上,抽搐了两下,不再动弹了。就在几分钟前,他杀死了比他大亿万倍的地球,而现在,他被比他小亿万倍的纳米毒杀死。或许,地球的遗言成真,他遭到了报应。

"你看到了吗?"李川走到南宫璇身前,摇了摇她,"你不用再伤心了，我已经替地球报了仇。"

但南宫璇只是冷冷地看着他，说："当初在联合国，你不阻止他们的计划；刚才，你明明能用纳米毒制服莫洛斯基的，但你无动于衷。从心底里，其实你是赞成这个计划的，是不是？"

在她的目光下，李川沉默了，良久后才开口："是的，人类不适合在宇宙中生存，留在地球上是更好的选择。所以我没有制止。"

"别碰我！"南宫璇挣脱开他的手，满脸鄙夷，"莫洛斯基是凶手，但你，是帮凶！"

李川无言，默默回到驾驶座上。整个回程路上，他们没有再说一句话。

"SP计划"很顺利，地球同意让人类继续留在地表上。

听到这个消息，人们欢欣鼓舞，已经到达宇宙空间的飞船纷纷返航。劫后余生的喜悦在这颗星球上弥漫。

而作为拯救人类的英雄之一，南宫璇再也没有出现在公众视野里。所有的报告和庆功会，都只有李川一个人，他受到追捧，得到了荣誉和奖金，但他总不开心。据说，直到生命结束，他都没有笑过一次。

李川试图寻找南宫璇，但总是无果。经过两年的合作，他们本已对对方产生好感，但在目睹了人类史上最大的罪恶之后，爱情之花还未绽放便已凋零。

直到十几年后，他才在东南亚海域一带遇见了南宫璇。她坐

地 火

在一条渔船上,在清理鱼的内脏,她脸上有了风霜留下的痕迹。

南宫璇也看到李川,笑了,邀请他上船。他这才得知,这些年来,南宫璇加入了巴瑶族。这是一个号称"水上吉卜赛"的民族,终身生活在海上,不踏足陆地。

"从那之后,我就害怕再走在地上。我们的脚下,是母亲的尸体,我怎么也迈不开步子。"南宫璇解释说。

那天,他们像久别重逢的老朋友一样,坐在船边聊天。他们聊了很久,但说话声音很轻,一出口就被海风吹散了。或许,只有渐沉的夕阳和高飞低翔的海鸟听清了他们的交谈。李川还留在船上吃了一顿饭。他留意到,船上不止南宫璇一个人,还有一个断了双腿的少年。

打那以后,李川再没有见过南宫璇。他开始拒绝演讲,不接受采访,过起了隐姓埋名的日子。他终身未娶,只有一个保姆照顾他的起居。

在他生命的最后时刻,他时常感到孤独。他长久地坐在院子里,看着夕阳一点点衰落,有时候看着看着他会跳起来,一边哭号,一边奔跑;更多的时候,他会睡着,而且睡着的时间越来越长。

他是在卧室里去世的。临终前,只有保姆守在床前。他的意识陷入一片混沌,嘴里在不停地念叨一句话,不知是说给保姆听,还是讲给自己听。保姆凑近,耳朵贴在他嘴边,才勉强听清那句话:

"我做的一切,都是为了人类的未来……"

尾声——人类的未来

"爸爸,我们什么时候才会停止流浪?"

每当彼得问出这句话,爸爸就会抚摸他的头,望着舷窗外无尽的星空,告诉他:"很快了。只要我们找到合适的星球,就会定居下来,不用在宇宙中流浪了。"

"会有那样的星球吗?"

"肯定有,宇宙那么大。"

于是,彼得渴望着侦测部门传来的消息。他不断地刷新报告页面,等啊等,但看到的永远是"KYF003 号星球,适宜等级 3.1,弃"和"GTF182 号星球,适宜等级 2.5,弃"之类的消息。

彼得实在太厌倦现在的生活了。

每天待在飞船里,从一个舱室到另一个舱室,所有的人都穿

地 火

着防护服,窗外永远是单调的星空。在语文课上,他听老师说,很久以前,人类过的不是这种流浪生活。他们住在一颗名叫"地球"的行星上,一年有四季,每天太阳升起,每晚月光环绕,有森林和海洋……

"那我们为什么离开呢?"彼得举手问。

"因为生态恶化,地球没了磁场,极端气候不再适合人类生存。无奈之下,人类才告别家园,来到这无尽的宇宙。"老师解释完,又加上一句,"但我们会有新家园的,只要找到宜居行星!"

从那时起,彼得就立志要加入侦测部门。他很用功,出类拔萃,22岁时,终于如愿得到了侦测部门的聘书。当他想回家告诉爸妈这个喜讯时,却先被告知了一个噩耗。

一颗指甲盖大小的陨石,击中了舰队西侧的一艘四级舰。核子引擎焚毁,氧气泄露,15万人失去生命——其中包括彼得的父母。这种事很常见,陨石、辐射、黑洞……宇宙的每一寸空间都潜藏着危险。人类从地球启航时,有百亿人口,数万艘舰艇,但不到500年,损失已超过大半。

彼得很伤心,把更多的精力放在了工作上。他驾驶小型飞船,去往舰队前方的行星侦察,但总是无果。他的同事们都很懒散,总是聚在一起打牌,只有他,还在专心分析一颗颗行星的参数。

那天,他的飞船到达了一颗命名为"PJI890号"的星球上空。无人侦探球放出后,传来的信息让他惊喜若狂:PJI890号星球上的空气里,氮氧比为3∶1,无有毒气体,更重要的是,上面有大量的液态水!

这简直是地球的孪生星球!

他把PJI890号的适宜等级定为9.5,兴冲冲地向主任汇报。但主任看了报告,只"哦"了一声,就继续把自己接入虚拟交往游戏。彼得愣住了,扯掉线头,大声强调:"这可是目前为止最适合人类居住的星球啊!我们不用流浪了,不怕宇宙的危险了,我们可以安居下来了!"

主任无奈地点点头,说:"好,我会向舰队议会呈报这件事的。"

但彼得等了几天,毫无消息。他去找主任,却在主任的垃圾桶里发现了自己的报告。他顿时大怒,要去投诉,主任拉住了他,叹口气说:"唉,有些事,你还是不知道为好啊!"

"什么?"

"其实,我们这个部门,只是给公众做样子的。我们不可能找到让我们定居下来的星球。"

"难道PJI890号不是吗?"

"它确实适合,但它不会收留我们。每颗星球,都是有生命有意识的,我们的母亲地球也是。但很久以前,它要驱逐人类,当时的政府不愿意离开,派人到地心去跟地球谈判。但谈判不是主要目的,他们……"主任摇摇头,肥大的脸颊晃动着,"杀死了

地 火

地球。"

"那是一场谋杀,毫无防备的地球被凌迟一样的手法杀死。其实,它在死前可以用最后的意念,让全球爆发大灾难,和人类同归于尽。但它没有。它只是发出了一句诅咒。"

"什么诅咒?"

"它发出了信号,在宇宙中无衰减传播,让所有活着的星球警惕,拒绝人类投靠。航行这么多年,其实我们发现过四颗适宜等级在 6 以上的星球,可每次飞船降落后没多久,就会遭遇地震和飓风的袭击。它们不欢迎人类——因为我们是连母亲都能杀掉的物种。"

彼得无法相信,浑身颤抖。

"人类被打上了罪恶的标记,宇宙中,再也不会有我们的家园。侦测部门唯一的作用,只是让公众有撑下去的希望。先人们种下恶,在我们身上结了果,真的是报应。人类啊,只能一代一代地在宇宙里流浪。只有人类灭绝了,这种流浪才会停止。"主任说完,又接上感应器,进入了虚拟空间。不然,他也没有办法打发这漫长而孤寂的一生。

从主任办公室出来以后,彼得就像是变了一个人。他真正融进了这个部门,每天跟同事打牌嬉闹,对侦探球发回来的数据毫不在意。

很多年后,彼得的儿子厌倦了舷窗外一成不变的景色,抱怨着说:"爸爸,我们什么时候才会真正地住下来啊?"

彼得的心微微一颤,想起了很久以前的往事。他叹了口气,摸着儿子的头,说:"不会很久了,只要找到合适的行星,我们就能停止流浪。"